MARIE

Conception graphique : Élisabeth Hebert pour A Cappella création
Couverture : *La Vierge à l'Enfant avec saint Jean-Baptiste*, Giovanni-Battista Salvi, dit Il Sassoferrato. Musée du Louvre.

Les textes bibliques sont extraits de la Bible de Jérusalem.
ISBN : 2-7289-1039-1

MICHEL DUBOST

MARIE

MAME

À Régis Burnet qui m'a aidé à structurer ce texte.

Préface

Marie !

Ce livre présente Marie au cœur de l'histoire des hommes, au cœur de l'histoire des chrétiens.

Il se veut simple – sans être simpliste – pour permettre aux chrétiens d'approfondir leur connaissance, comme aux non-chrétiens de comprendre et, éventuellement, de juger ce que vivent les chrétiens.

Autant que faire se peut, ce livre va être « objectif ».

Pour autant, les mots objectifs ne peuvent livrer l'essentiel.

Si j'ai voulu écrire cet ouvrage, c'est au nom de ma propre expérience, de ma propre recherche... C'est, qu'on me permette de le dire, par amour. Je ne voudrais pas encombrer ce livre de ma personne – et j'ai essayé de donner à l'ensemble un caractère factuel – mais je dois à la vérité que je n'aurais jamais choisi de parler de la Vierge si elle n'était pas aussi importante pour moi.

Mais comment le dire ? Comment le faire sentir ?

La première rencontre se situe à Lourdes.
Je n'étais pas là pour la Vierge, mais pour vivre un camp avec d'autres jeunes et, éventuellement, servir des personnes handicapées.
L'une d'entre elles me demanda un beau jour de lui faire une course. Elle était grabataire et ne pouvait pas bouger. J'étais heureux de lui rendre service. Elle me demanda de lui acheter une petite vierge en plastique phosphorescente et me donna trois sous pour cela. Dans le magasin, l'horreur esthétique de ce qu'elle demandait m'empêcha de l'acheter... Alors que l'adolescent que j'étais avait très peu d'argent, je prenais dans ma poche de quoi lui offrir « mieux ». Et je m'attendais à sa joie. Ce fut au contraire des grimaces : « Michel, il faut que je vous dise, la nuit je ne dors pas, j'ai mal... je voulais cette vierge phosphorescente pour, en la regardant, avoir le courage de faire confiance à Dieu... »

Marie m'apparut alors comme le recours des humbles. Je n'ai jamais connu mon grand-père maternel : à l'évidence, c'était un homme de contact mais, semble-t-il, pas très préoccupé par les questions religieuses. Pour autant, au verso de son image mortuaire, il y avait une prière mariale : « Souvenez-vous », sa prière préférée...

Chacun connaît le maréchal de Lattre de Tassigny. Chacun sait qu'il fut prisonnier à Lyon... mais peu de gens savent que son voisin de cellule, à Lyon, était un Polonais

qui lui avait « dessiné » l'icône de Czestochowa, dessin qui ne le quitta plus et devant lequel il priait...
Et le maréchal Juin, le 12 mai 1944, s'isola avant de prendre la décision conduisant à la bataille de Garigliano et pria : « Je me suis tourné vers Dieu et vers la Vierge Marie, ma préférée » (*Historia*, mai 1974).

Je sais qu'il n'est pas bon de mélanger le sabre et le goupillon mais Marie, à travers leurs témoignages, m'apparut comme le recours des hommes forts.

Jeune homme, j'aimais lire... Bientôt (pourquoi ?) je me suis mis à collectionner des textes sur Marie. Nettement plus tard, cela me permit de publier un recueil de textes sur Marie, *Paroles pour Marie*... J'oubliais, volontairement, pour ne pas choquer, d'y citer Sartre ou Rimbaud.

Pourquoi pleures-tu, Mère qui ne sais pas ?
Parce que le fil de ma scie a effleuré mes doigts ?
Le temps n'est pas venu où il faudra que tu pleures.

A. Rimbaud, *Prose et Vers de Collège*

Et aucune femme n'a eu de la sorte son Dieu pour elle seule, un Dieu tout petit qu'on peut prendre dans ses bras et couvrir de baisers, un Dieu touchant qui sourit et qui respire, un Dieu qu'on peut toucher et qui rit. Et c'est dans un de ces moments-là que je peindrais Marie, si j'étais peintre.

J.-P. Sartre, *Bariona*

Mais peut-être étais-je déjà ému par la peinture (Raphaël et Botticelli...) et par la sculpture : la Vierge de Fontenay d'abord puis la dernière *Pietà* de Michel-Ange où Marie extrait de la pierre son fils mort, pour une nouvelle naissance, où elle accroche la lumière d'une manière unique et que j'ai toujours reçue comme un signe. Ah, cette *Pietà* de Rondanini du vieux Michel-Ange où Marie apparaît comme portée par celui qu'elle soutient alors qu'il renaît des entrailles de la terre... Elle ouvre, dans son silence non achevé, la Parole au monde. Et comment ne pas citer le *Stabat Mater* de Francis Poulenc ? Mais j'ai plus souvent vibré au *Salve Regina* chanté dans la pénombre de l'abbaye de Lérins et à l'*Inviolata* ponctuée des pleurs des mouettes rieuses.

Né au Maroc, je ne connais pratiquement pas ce pays... Mais cette origine m'a rapidement rendu sensible à l'islam et au fait que Myriam reliait les deux rives de la Méditerranée. Peu de chrétiens savent que le nom de Marie est davantage cité dans le Coran (34 fois) que dans le Nouveau Testament (16 fois).
Quand Mahomet (mort en 629) parle de Marie, il s'inspire visiblement de « l'Évangile de Jacques ». Elle est la seule femme citée dans le Coran. Il l'appelle Myriam, ce qui veut dire « la femme qui aime s'entretenir avec son prochain ». Il affirme qu'avant sa naissance, elle était vouée à Allah. Il la voit, enfant, dans le Temple sous la tutelle de Zacharie, mais nourrie directement par Allah. Il raconte l'Annonciation mais il tait le rôle de Joseph. Aussi Marie se

retrouve-t-elle solitaire et rejetée lors de la naissance de l'enfant. Et c'est Jésus, bébé, qui la défend.
Il laisse entendre que sa prière accompagne la prière de tous les croyants (Sourate 3, 43).

La découverte de saint Jean Eudes, au séminaire, me fit rencontrer Marie de bien d'autres manières... À vrai dire, il m'a un peu accaparé et m'empêcha aussi de faire d'autres découvertes... Et en particulier celle de saint Louis-Marie Grignion de Montfort que Jean-Paul II mit en pleine lumière. Je pense ici à la consécration à Marie :

Je vous choisis, aujourd'hui, ô Marie, en présence de toute la cour céleste, pour ma mère et ma reine.
Je vous livre et consacre, en toute soumission et amour, mon corps et mon âme, mes biens intérieurs et extérieurs, et la valeur même de mes bonnes actions passées, présentes et futures, vous laissant un entier et plein droit de disposer de moi et de tout ce qui m'appartient, sans exception, selon votre bon plaisir, à la plus grande gloire de Dieu, dans le temps et l'éternité.
Amen.

Mais saint Jean Eudes m'a appris à penser juste en la matière. Comme toute dévotion mariale authentique, la dévotion de saint Jean Eudes a pour centre de gravité la maternité divine. Pour lui, c'est parce que la Vierge est non seulement mère de Dieu physiquement, mais parce qu'elle se trouve tout au long de sa vie, à côté de lui, qu'elle est comme associée à lui : saint Jean Eudes regarde Marie à côté de Jésus, ou présent dans ses pensées, dans sa volonté, il dira, dans son cœur. Sa prière consiste toujours soit à remercier Dieu de nous avoir donné une telle mère, soit surtout à demander à la Vierge de nous aider à « adhérer » au Père, par son Fils, dans l'Esprit.

Pour autant, le concile m'a aidé à donner une place réfléchie à Marie dans ma vie et certaines manières de faire, de plus en plus, m'ont semblé déplacées... « Il n'y en a jamais assez sur Marie » (de *Maria nunquam satis*) m'a toujours semblé exagéré... Marie, elle-même, ne peut être honorée que dans l'ombre de son fils : elle est vide d'elle-même pour être pleine de grâce, elle est, pour moi d'abord, l'*Odighitria*, « celle qui indique le chemin du bonheur, elle est celle qui permet la compréhension du mystère du Christ et de l'Église » (Paul VI, session de clôture de la 3e session de Vatican II) parce qu'elle est la « figure parfaite du disciple du Christ » et qu'en tant que telle, elle contribue à mettre au monde le Christ.
En 1974, Paul VI rappelait les quatre orientations qui permettent de rendre un juste culte à Marie : la dimension trinitaire et christologique de tout culte ; la source biblique de toute révélation ; la primauté de la liturgie sur toute autre forme de piété ; l'importance d'être compris et de comprendre d'abord nos frères chrétiens et ensuite l'homme contemporain.

Ceci m'a guidé...

Mais il faut le reconnaître, d'instinct, j'ai prié Marie au chevet de tant de malades, devant le corps de tant de défunts – ceux de ma famille comme ceux de ces jeunes morts par accident ou parfois de guerre – et cela aussi compte. Je crois pouvoir dire que, sans réfléchir souvent, il y avait là, chez moi, une confiance en celle qui est déjà partie prenante du bonheur que Dieu promet et donne à ceux qu'il aime. Marie est alors dans ce cas, le symbole de l'épouse qui dit oui à l'Époux et forge ainsi leur bonheur.

Il est difficile de savoir pourquoi on aime. Le récit de la vie renvoie à des événements qui n'expliquent rien mais qui permettent de suivre un chemin, un fil rouge.
Ce livre veut aider à prendre un peu de distance, non pour éloigner, mais pour mieux comprendre celle qui a dit « oui ». J'aime la vie... pas une abstraction de la vie... Marie est ouverture à la vie et lorsque j'entends le Magnificat, je vois cette jeune fille danser au son du tambourin : il est beau le oui de notre humanité à la vie reçue de Dieu !

CHAPITRE PREMIER

Marie, une femme de l'Ancien Testament

Avant même d'être une figure théologique essentielle au christianisme et l'objet d'un culte populaire, Marie était un être vivant, bien réel, appartenant à notre monde. C'était une femme, une femme qui vivait en Judée. L'attitude à son égard dépend donc tout d'abord de la manière dont on se situe par rapport à la féminité, aux femmes et à la maternité, et cela, que l'on soit un homme ou une femme. Mais, en outre, c'était une femme juive, une fille de Sion. Pour la comprendre, il est impossible de se fier au seul Nouveau Testament ou à la tradition chrétienne. Marie demeure incompréhensible hors de l'Ancien Testament (qu'il vaudrait mieux appeler Premier Testament), de la révélation de Dieu et de la culture de l'époque. Elle ne se découvre qu'à la lumière de ce que la Bible dit de la création et de l'amour actif de Dieu pour tous les êtres humains. Avant de parler de la sainte Vierge, de la Madone ou de la Bienheureuse Mère de Dieu, il faut d'abord parler de la femme Marie.

UNE FEMME DE JUDÉE

Marie était une femme juive du temps de l'occupation romaine. Elle menait la vie quotidienne de toutes les femmes de l'époque, une vie qu'il faut dépouiller de tout romantisme, une vie difficile, presque impossible à imaginer malgré les quelques éléments que les scientifiques peuvent reconstituer.

Marie était probablement de petite taille comme les femmes l'étaient alors. Elle portait l'habit de l'époque, qui différait beaucoup selon que l'on était riche ou pauvre. Les pauvres s'habillaient de pièces de laines et de manteaux de poil de chèvres. Les hommes portaient une tunique taillée comme un sac avec des trous pour les bras, maintenue par une ceinture jaune ou rouge ; les femmes s'habillaient de la même tunique, mais elle était de couleur sombre (souvent bleu ou bleu marine) et était beaucoup plus longue. On arborait aussi une sorte de couverture comme manteau et on se servait d'une pièce carrée mise en biais pour porter des charges (par exemple les enfants). Chacun avait des sandales aux pieds. Comme toutes les femmes juives, Marie portait sans doute des bijoux, des pièces d'or et d'argent dans ses cheveux, et utilisait des fards et des eaux de toilettes : composées de lis, de rose ou de jasmin, elles étaient d'un prix tout à fait abordable.

Sa maison ? Une petite maison basse, en torchis ou en pierre, infestée d'insectes l'été et de fumée l'hiver, et sans cesse menacée par les fuites lors des pluies. N'allons pas la trouver inconfortable : Joseph ayant exercé un métier manuel fort apprécié, il avait probablement une belle maison. Peut-être était-elle construite autour d'une cour intérieure dans laquelle trônait un puits ? Autour, des petites pièces, fraîches en été : un cellier, une petite cuisine, une pièce principale. Tous couchaient dans la salle commune, par terre, sur une sorte de tresse de poil de chèvre. Une pièce un peu encombrée : on y trouvait le moulin, des lampes, des jarres. Il n'y avait évidemment pas de fourchettes, mais de bons couteaux et de solides bols en bois ou en terre.

Comme ses contemporaines, Marie était chargée du tissage, de la couture et de la cuisine. L'aliment de base de l'alimentation était le pain, d'orge les jours ordinaires, de froment les jours de fêtes : comme toutes les femmes de l'époque, Marie le fabriquait elle-même deux à trois fois par semaine et le portait ensuite au four du bourg. L'orge servait aussi à fabriquer des bouillies, mais aussi des pâtisseries au miel. Au petit-déjeuner, on mangeait du pain et des fruits, au déjeuner des olives, des concombres, des oignons, des laitues, des salsifis : comme dans toutes les maisons, il y avait un petit potager domestique. Les fruits étaient abondants : melons, raisins, grenades, abricots. On buvait également du lait, que l'on faisait cailler en fromage. L'hiver, on consommait aussi des fruits secs : amandes, pistaches, figues. Le soir, on mangeait éventuellement de la viande bouillie, des haricots, des pois, des lentilles, de l'œuf.

L'accouchement se passait habituellement à la maison, avec l'aide d'une sage-femme. Le nouveau-né était frotté d'huile parfumée et de sel, avant d'être langé. La femme était chargée de garder les jeunes enfants puis d'éduquer les filles, et les garçons jusqu'à quatre ans. À vrai dire, cette éducation était rapide, puisqu'à douze ans, l'enfant devenait autonome et était, en principe, capable de déchiffrer le texte de la Loi.

C'était une société qui, apparemment, n'accordait pas une grande place aux femmes. Dans la synagogue, elles occupaient une place à part, souvent à l'étage, elles ne comptaient pas pour atteindre le *minyan* (le minimum de personnes recensées à la prière), leur parole n'avait pas valeur de témoignage dans les procès. Mais, en réalité, la femme menait souvent le ménage et avait une vie sociale active avec ses voisines et sa famille.

La femme dans les Écritures

L'ambivalence de cette place de la femme dans la société s'explique largement par la place de la femme dans la Bible. Les représentations futures de Marie lui doivent aussi beaucoup.

Pour comprendre cela, il faut rappeler que l'Ancien Testament exprime la foi du peuple juif en un Dieu unique, au-dessus – ou au-delà – de tout ce qu'il a créé. Cette foi rejette avec force tout ce qui peut ressembler aux religions des voisins d'Israël, elles qui se compromettent avec une certaine idée de la femme : refus de ces dieux qui lutinent des femmes, de ces déesses de la fécondité que l'on célébrait parfois au moyen de la prostitution sacrée. Chez les juifs, le culte officiel était avant tout une affaire d'hommes ; durant la célébration, les femmes et les étrangers restaient dans le vestibule du Temple.

Les grandes figures féminines de la Bible

Pour comprendre toutes ces allusions à Marie dans le Nouveau Testament, il faut voir qu'elle s'inscrit dans la longue histoire des grandes figures de femmes dans l'Ancien Testament. Tout au début, il y a la figure d'Ève : créée à l'image de Dieu, elle est l'égale de l'homme, chargée avec lui de représenter la royauté de Dieu sur la création. Mais, au lieu d'être une aide pour Adam, elle contribue à le tenter. Malgré cela, elle reçoit la promesse d'être la mère de tous les vivants (cf. Gn 3, 20). Cette promesse est répétée plusieurs fois par la suite. À Sara, femme d'Abraham, en vertu de cette promesse, il est donné de concevoir un fils, Isaac, en dépit de son grand âge (cf. Gn 18, 10-14). Il en va de même pour la naissance de Samson (cf. Jg 13) et de Samuel, fils d'Anne (cf. 1 S 1). Dans tous ces récits, Dieu, contre toute attente et toute espérance humaines, renouvelle constamment le don de la vie, pour être fidèle à sa promesse. Dieu choisit ce qui est faible et impuissant pour confondre ce qui est fort (cf. 1 Co 1, 27). C'est pourquoi, dans des situations difficiles pour le peuple d'Israël, il appelle des femmes à être les sauveurs d'Israël : Débora, Judith et Esther.

« La Foi de l'Église », *Catéchisme des évêques allemands*, 1985

La première figure féminine de l'Ancien Testament est celle d'Ève, figure ambiguë s'il en fut. Couronnement de la création, Ève est avant tout la partenaire d'Adam, sans laquelle il ne serait déclaré ni bon ni à l'image de Dieu. Certes, elle partage avec lui le péché, mais n'en demeure pas moins la « mère de la vie » (Gn 3, 20), dans une foi qui considère que Dieu est le Seigneur de la vie, le vivant par excellence : Ève n'est-elle pas la principale auxiliaire de Dieu dans son œuvre de vie ?

À côté des grands patriarches, figurent des figures féminines (Sara, Agar, Rachel, Léa, Anne, Peninna) qui sont généralement citées deux par deux : l'une est stérile, l'autre pas ; l'une est apparemment bénie de Dieu, l'autre non... Or, dans chacun des cas, c'est celle qui semble maudite par sa stérilité qui met au monde un « fils de la promesse », un fils qui est né explicitement de la confiance – lorsqu'on ne peut pas avoir d'enfant, que faire sinon s'en remettre à Dieu ? –, un fils béni spécialement par Dieu. Les femmes qui enfantent alors que cela semblait impossible sont toujours les signes d'un amour particulier de Dieu pour celles qui vivent dans la souffrance.

Peu de temps avant la naissance du Christ, la tradition juive raconte des histoires de femmes comme Esther et Judith qui reprennent la vieille tradition des Débora : expressions d'un Israël opprimé mais confiant, tyrannisé mais sans faiblesse, elles déploient leur force malgré la prétendue faiblesse féminine. Finalement, ces « êtres faibles » en viennent à sauver tout leur peuple.

En outre, dans les traditions tardives de l'Ancien Testament, le thème de la sagesse de Dieu connaît un extraordinaire essor. En hébreu, comme en grec, la sagesse est un mot féminin. Cette « sagesse » est comme l'expression d'une féminité de Dieu. Or, cette sagesse est présente à toute la création, voire apparaît parfois comme une sorte de médiatrice de cette création. À d'autres moments, elle est décrite comme la première créature, celle qui répond parfaitement à la volonté de Dieu.

Enfin, il existe presque autant d'images maternelles de Dieu que d'images paternelles. L'Ancien Testament est réservé pour appeler Dieu « père » : les écrivains sacrés ne veulent pas que l'on puisse confondre le Dieu d'Israël avec celui des peuplades alentour que les légendes mariaient souvent avec des femmes. Pour des raisons analogues, ils n'appellent jamais Dieu « mère » : les déesses mères étaient nombreuses autour de la Méditerranée. Pourtant certains textes sont très explicites, comme les Nombres (11, 15) : « Pourquoi maltraites-tu ton serviteur ? Pourquoi n'ai-je pas trouvé grâce à tes yeux au point que tu m'imposes le fardeau de tout ce peuple ? Est-ce moi qui ai porté [ai été enceint] tout ce peuple ? Est-ce moi qui l'ai mis au monde que tu me dises : porte-le sur ton sein comme un nourricier qui porte un petit enfant sur le sol que tu as juré à ses pères ? »

On retrouve de telles évocations plusieurs fois dans les chapitres 40 à 45 d'Isaïe, qui fait dire à Dieu : « comme celle qui met au monde, je vais souffler, respirer et aspirer tout à la fois » (Is 42, 14). Que dire du Deutéronome 32, du Psaume 90, de Job 38 ?

Jamais les textes consacrés à Marie ne font allusion à une quelconque maternité de Dieu. Et Jésus, qui connaissait pourtant une mère « sans péché » et un père nourricier « pécheur » préfère appeler Dieu « Père » ou même « Papa ». Les chrétiens ne connaissent Dieu qu'à travers cette relation tout à fait spécifique entre Jésus et Dieu le Père.

Marie est née dans cette culture. Le Nouveau Testament parlera d'elle en référence à cette culture : très vite, les premiers chrétiens pensent que c'est la sagesse de Dieu qui inspire le oui de la Vierge Marie ; très vite, ils assimilèrent Marie aux grandes figures féminines du passé d'Israël ; très vite, ils reportent sur elles les grâces de la maternité.

MARIE, NOUVELLE ÈVE

La comparaison entre Marie et Ève est la plus fréquente et la plus reprise. Incontestablement, leurs images ont subi l'influence du regard que la société portait sur les femmes, mais aussi, en retour, ont-elles influencé cette idée. Marie et Ève fonctionnent en couple opposé : Marie a toujours été prise pour l'anti-Ève : c'est aussi vrai chez saint Ambroise ou saint Augustin au début de l'âge chrétien que chez Luther ou Søren Kierkegaard.

Les Pères de l'Église qui ont vécu un siècle après le Christ, comme saint Justin (100-166), saint Irénée (130-208) ou Tertullien (150-222), ont été les premiers à voir en Marie une nouvelle Ève, comme saint Paul avait vu en Jésus un nouvel Adam.

Pour Justin, l'important est de montrer la différence entre les chrétiens et les juifs. Marie est chrétienne, c'est-à-dire obéissante et parfaite, contrairement à Ève, qui agit à l'image des autres femmes. Comme Pandore (la première femme créée par Zeus pour punir la race humaine) qui ouvrit la boîte qui porte son nom et en laissa échapper tous les malheurs du monde, Ève a introduit la mort par une faute que Justin juge « sexuelle ». L'époque était misogyne, et si les juifs n'étaient pas en reste pour dénigrer les femmes, les chrétiens furent tentés de les suivre.

Irénée fut moins sévère pour les femmes, même s'il cherche à charger Ève plutôt qu'Adam du poids du péché originel. Au fond, il voit la femme à travers Marie et voit Marie comme mère : comme toute mère, elle est l'infatigable avocate de ses enfants, dont Ève fait partie.

> *Il fallait qu'Adam fût récapitulé dans le Christ afin que ce qui était mortel fût englouti par l'immortalité et il fallait qu'Ève fût [blottie] en Marie afin qu'une vierge en se faisant avocate d'une vierge détruisît la désobéissance d'une vierge par l'obéissance de la Vierge.*
>
> Saint Irénée, *Démonstration de la prédication apostolique*

La doctrine de saint Irénée a été résumée, validée, et remise à l'honneur par le concile Vatican II :

> *Marie, fille d'Adam, acquiesçant au Verbe de Dieu, est devenue Mère de Jésus et embrassant de plein cœur, sans être entravée par aucun péché, la volonté salvatrice de Dieu, elle s'est consacrée totalement comme servante du Seigneur à la personne et à l'œuvre de son Fils, toute au service du mystère de la Rédemption en dépendance de son fils et en union avec lui par la grâce de Dieu Tout-Puissant.*
>
> *C'est donc à juste titre que les saints Pères estiment que Marie ne fut pas un instrument purement passif dans les mains de Dieu, mais qu'elle coopéra au salut de l'homme dans la liberté de sa foi et de son obéissance. En fait, comme le dit saint Irénée, en obéissant, elle est devenue cause du salut pour elle-même et pour tout le genre humain. Et avec Irénée, bien des anciens Pères affirmèrent volontiers, dans leur prédication, que la même désobéissance d'Ève a été dénouée par l'obéissance de Marie, et ce que la vierge Ève lia par son incrédulité, la Vierge Marie, par sa foi, le délia ; et par comparaison avec Ève, ils appellent Marie Mère des vivants et affirment très souvent : la mort nous est venue par le moyen d'Ève, la vie par celui de Marie.*
>
> « *Lumen Gentium* », *Vatican II, § 56*

Tertullien fut un ultra. Il parle de Marie pour prouver l'humanité du Christ. Il parle de Marie avec la crainte de donner l'impression de rejoindre le culte dû aux déesses de la nature. Mais il n'arrive pas à ne pas voir Ève en Marie. Et, Ève, il la déteste de tout son cœur ! Et il dit des femmes qu'elles sont toutes des Ève ! Qu'elles sont toutes les concierges du diable, les déserteurs de la Loi divine !

Faut-il s'en étonner ? Justin et Irénée sont considérés comme des saints. Pas Tertullien.

À la même époque, le parallèle Ève et Marie se lit avec netteté dans l'Évangile de Jacques, un livre non reçu par l'Église comme authentique, écrit pour répondre aux attaques du païen Celse. Joseph découvre un jour que sa femme est enceinte. Il pleure et dit :

> *Qui m'a ravi la vierge et l'a souillée ? Est-ce que l'histoire d'Adam se serait répétée en mon cas ? De même en effet qu'Adam était à l'heure de sa prière et que le serpent vint, trouva Ève seule, la séduisit et la souilla ; de même en est-il arrivé pour moi.*
>
> *Protévangile de Jacques*, § 13

Ses lamentations expriment parfaitement le parallèle qui est en train de se mettre en place : l'histoire d'Ève et l'histoire de Marie se ressemblent fortement. Heureusement, quelques lignes plus loin, Joseph s'apercevra qu'il s'est trompé, que sa femme est de bonne foi et qu'elle est restée vierge. Pour autant, l'Évangile de Jacques aura semé le trouble pour longtemps dans l'imaginaire chrétien (ou reflètera le trouble qui s'était déjà mis en place) en faisant accroire que le péché originel est un péché sexuel, et que le rapport entre Marie et Ève est celui qui existe entre la vierge et la putain, deux modèles entre lesquels devraient se situer les femmes. Il convient de se méfier de tout ce qui ressemble, de près ou de loin, à cette dichotomie facile.

Vers la fin du IVe siècle, un autre livre, les *Questions de Barthélemy*, livre toujours aussi peu reconnu par l'Église, mais ayant eu, lui aussi (quoiqu'à un degré moindre), une grande influence, fait dire à Marie dans un dialogue avec Pierre :

> *Toi, tu es l'image d'Adam. N'est-ce pas lui qui a été façonné le premier, et ensuite Ève ? Vois le soleil, c'est suivant la figure d'Adam qu'il est resplendissant. Vois la lune : c'est à cause de la transgression d'Ève qu'elle est remplie de boue [...]. Elle a souillé le commandement du Seigneur [...]. Mais en moi, il a trouvé place parce que j'ai ranimé les forces des êtres féminins.*
>
> *Questions de Barthélemy*, § 4

Voici Marie en support de la misogynie ambiante ! Figure lunaire, figure de la nuit et de la boue, la femme Ève s'oppose à la figure solaire de l'homme Adam. Suivant cette vision des choses, la femme est la corruptrice de l'innocence d'Adam, le fauteur de trouble de la parfaite harmonie. Marie, seule, rend un peu de dignité à cette créature déchue. C'est bien ce que comprend Pierre qui lui répond : « C'est toi qui as annulé la faute d'Ève en changeant la honte en joie. »

Vers la même époque, saint Éphrem (306-373), un diacre syrien, poète de surcroît, met en avant une vision toute différente des choses. Pour lui, les premières descriptions du paradis concernent la fin des temps et le but de la vie est de remettre Adam et Ève à la place qu'ils y occupaient. Marie n'est pas le modèle de la femme, mais de toute âme qui doit devenir la chaste fiancée du Christ : « Elle était ta mère, elle était ta sœur, elle était ton épouse avec toutes les âmes pures » (*De la Nativité* 11, 2). Ève est ainsi la mère de tous les vivants qui, jusqu'à la venue de Marie, sont vêtus d'humanité mortelle... « Mais Marie fut l'origine d'une nouvelle pousse sur le tronc d'Ève, l'ancienne vigne, et sur cette nouvelle pousse, la vie nouvelle a fait sa demeure » (*Hymne sur le Paradis* 1, 61).

À partir de ce moment, la comparaison était figée pour des siècles : Marie vient refaire ce qu'Ève avait défait, elle est la « nouvelle Ève », bien meilleure que l'ancienne. Ici la reine du ciel, l'impératrice qui régente le monde et le domine du haut de ses mosaïques et de ses statues, ici la femme « au ciel », la « femme » parfaite qui incarne les fantasmes d'hommes qui voient en elle une mère habillée de rêve, totalement pure et totalement donnée, ici la femme très habillée, aux traits doux, quelquefois suaves et finalement peu féminins ; là, à l'opposé, Ève, la séductrice, la femme que l'on désire sans oser se l'avouer, souvent à moitié nue, toujours sensuelle. Les visions alternatives sont rares, comme celle de la mystique allemande Hildegarde de Bingen (1098-1179), pour qui la création est l'épouse de son créateur : par l'Incarnation, Marie est Ève, la femme qui reflète éternellement la beauté de Dieu pour le monde. D'une certaine manière, elle est le modèle d'Ève et de toute femme.

Il faut attendre le XIXe siècle pour que naisse une compréhension nouvelle du couple Marie/Ève, qui traduit en fait une compréhension nouvelle de la femme. À cette époque, beaucoup de femmes, surtout d'origine protestante ou anglicane, rejetèrent cette opposition, en particulier au nom de leur rejet de la position catholique sur Marie. La poétesse Christina Rossetti, une anglicane, fit de Marie un modèle pour son célibat et appela également à se tourner vers Ève et Marie Madeleine – dont elle refusait de dire qu'elle fut une « pécheresse sexuelle ». Pour elle, la véritable figure maternelle était celle d'Ève. Charlotte Brontë vit en Ève sa mère, née au paradis et l'introduisant dans la nature.

Le XXe siècle relit la Bible et n'y découvre plus ce que les anciens y lisaient. Le second récit de la Genèse ne fait pas du péché originel un péché sexuel. Ève n'est pas présentée comme inférieure à Adam, mais plutôt comme le sommet de la création, « le chef-d'œuvre après l'esquisse » selon la boutade féministe. On n'insiste plus sur le « péché d'Ève » de manière négative, mais plutôt, de manière positive sur l'obéissance de Marie, qui lui permet d'assumer, plus encore qu'Ève, le rôle de « mère des vivants ».

CHAPITRE II

MARIE À TRAVERS LES ÉVANGILES

L'histoire écrite par les non-chrétiens au temps du Christ ignore Marie : pas un mot dans Flavius Joseph, pas un mot dans Tacite, pas un mot dans la foule de documents conservés de cette époque. Marie n'appartient pas à un monde dont l'histoire officielle garderait trace, un monde de puissants et de monarques. Marie appartient tout entière au monde de la foi. Ce que l'on sait d'elle prend source dans le témoignage des premiers chrétiens, qu'il ait été jugé digne d'entrer dans le canon (comme dans les évangiles, les épîtres de saint Paul, etc.) ou non (comme dans les livres « apocryphes », non reconnus par l'Église). Pour comprendre qui est Marie, il convient de partir de cette attestation irremplaçable, qui est l'origine de toutes les hymnes liturgiques, de toutes les méditations spirituelles, de toutes les réflexions théologiques.

LES PREMIERS TÉMOIGNAGES SUR MARIE : PAUL ET MARC

Au début de l'histoire chrétienne, Marie n'occupe qu'une humble place : la résurrection du Christ et la libération qu'elle manifeste devaient d'abord être annoncés dans leur bouleversante nouveauté et dans leur troublante simplicité avant que l'Évangile (et toutes les conditions du salut) soit approfondi. Paul cherche avant tout à faire comprendre la gratuité et la puissance de la nouvelle qu'il annonce, Marc exprime la difficulté humaine à accueillir Jésus comme Fils de Dieu : dans leur mission, Marie passe au second plan, sans qu'elle soit absente de leurs écrits.

Paul et Marie

La première mention de Marie dans les Écritures se trouve chez saint Paul, dans l'Épître aux Galates, écrite à peine une vingtaine d'années après la mort du Christ : « Mais quand vint la plénitude du temps, Dieu envoya son Fils, né d'une femme, né sujet de la Loi, afin de racheter les sujets de la loi, afin de nous conférer l'adoption filiale » (Ga 4, 4-6).

Paul ne cite jamais le nom de Marie et ne fait allusion à son rôle que dans cette phrase souvent citée mais apparemment difficile à comprendre. En réalité, il suffit de reprendre le fil de l'argumentation de l'Apôtre pour que les choses s'éclairent un peu.

Dans l'Épître aux Galates, Paul veut répondre à des chrétiens issus d'un milieu juif qui estiment obligatoire de respecter la Loi juive et d'appartenir au peuple juif pour devenir chrétien. Il leur rappelle qu'au moment choisi par Dieu, le temps où s'accomplit son projet, Dieu a brisé de l'intérieur le patriarcat ancestral. Chez les Juifs de l'époque, seuls les pères entrent dans la généalogie – comme le prouvent les généalogies du Christ en Luc et Matthieu – et sont, par le signe de la circoncision, les transmetteurs de l'Alliance.

On peut dire, chez eux, que les femmes meurent tandis que les hommes survivent dans leur descendance.

Paul, ici, affirme tranquillement que Jésus est l'origine d'un temps nouveau : certes, il est fils de l'Alliance, mais il est aussi « hors de l'Alliance » puisqu'il est « né d'une femme ». Ainsi, pour Paul, le salut n'est plus lié à l'appartenance au peuple juif mais à l'humanité nouvelle inaugurée par la naissance de Jésus.

En fait, il s'agit, pour Paul, d'exalter la paternité universelle de Dieu en rompant la logique symbolique des paternités juives.

Les évangiles répondent parfaitement au programme paulinien. Jésus n'a-t-il pas été circoncis au temps prescrit ? N'est-il pas régulièrement monté à Jérusalem ? N'a-t-il pas une connaissance approfondie de la Loi et des Prophètes juifs ? Et pourtant, le salut qu'il annonce d'abord aux Juifs s'étend à tous les hommes.

Chez Paul, d'emblée, la position de Marie est essentielle : elle est la charnière entre le monde de la Loi et le monde de la foi et, surtout, elle ancre définitivement Jésus dans l'humanité. Né d'une femme, le Christ est pleinement humain et non un dieu qui aurait fait semblant d'être un homme.

Marie chez Marc

Les deux textes de Marc sur Marie semblent avoir été écrits pour illustrer une anecdote plus que pour parler de Marie en tant que telle. Ils ont une allure tellement négative qu'on les a définis, parfois, comme « antimariologiques ».

Dans le premier, Jésus semble repousser l'ingérence de sa famille qui se disait : « Il a perdu le sens. » Il affirme que, désormais, sa vraie famille est constituée par ses disciples.

> *Sa mère et ses frères arrivent et, se tenant dehors, ils le firent appeler. Il y avait une foule assise autour de lui et on lui dit : « Voilà que ta mère et tes frères et tes sœurs sont là dehors qui te cherchent. » Il leur répond : « Qui est ma mère ? Et mes frères ? » Et, promenant son regard sur ceux qui étaient assis en rond autour de lui, il dit : « Voici ma mère et mes frères. Quiconque fait la volonté de Dieu, celui-là m'est un frère et une sœur et une mère. »*
>
> Marc 3, 31-35

Les parents de Jésus ont cherché à le détourner de son ministère : quoi d'étonnant tant il se distingue d'eux ? Marie n'est pas ici regardée personnellement : elle fait partie d'un groupe indéterminé, « *les parents de Jésus* ». Sa venue est l'occasion pour Jésus d'affirmer un point important de son message : la nécessité « de naître de nouveau », de naître d'en haut, de cette naissance spirituelle à laquelle on accède par la foi. Marie est par antonomase celle qui fait la volonté du Père.

Le complexe d'Œdipe et la renaissance chrétienne

Œdipe – abandonné dans un désert par ses parents auxquels on avait prédit que cet enfant tuerait son père pour épouser sa mère – est poussé par le destin et, ignorant leur identité, finira effectivement par tuer son père et épouser sa mère. La vision chrétienne est fort éloignée du mythe qui souligne la violence entre générations. Elle trouve son origine dans l'histoire d'Abraham qui – comme les parents d'Œdipe – va mettre à mort son fils. Mais l'intervention de Dieu au moment du meurtre (qui va demeurer virtuel) d'Isaac, consistera à redonner Isaac à son père : cette « nouvelle naissance » supprime la « domination d'Abraham », la violence intergénérationnelle, puisque Isaac devient alors – comme son père – fils de Dieu...

La nouvelle naissance, sur laquelle insistent tant les chrétiens, établit chacun d'une certaine manière en dehors de sa généalogie humaine et des contraintes sociales, et le rend ainsi frère de tous les « fils de Dieu » quelles que soient les hiérarchies humaines.

Marie est « mère » dans ce processus, en ce sens qu'elle est le modèle de la foi qui le fonde... Ce que le Christ signifie en la donnant pour mère « au disciple » (signe de tous les disciples) au pied de la croix.

La seconde mention de Marie chez Marc (6, 3) est tout aussi allusive. Face à la fermeté de la parole christique, ses opposants ironisent : « N'est-il pas le charpentier, le fils de Marie ? » Le texte prouve simplement que Jésus et sa famille étaient connus et que l'on moquait son humble extraction.

Il n'y a donc, apparemment, aucun intérêt particulier de Marc pour Marie.

MARIE CHEZ LUC ET MATTHIEU

Chez Luc et Matthieu, la figure de Marie s'affirme avec beaucoup plus de netteté : la plupart des choses que nous savons d'elle provient de ces deux évangiles.

Marie et la généalogie de Jésus (Mt 1, 1-17 ; Lc 3, 22-36)

Deux des quatre évangélistes, Luc et Matthieu, prennent grand soin à établir chacun la généalogie du Christ. Ces deux généalogies sont substantiellement différentes. L'une énumère les 78 générations, en remontant de Joseph à Adam, l'autre cite 42 noms, en descendant d'Abraham à Jésus. En outre, les noms varient d'une généalogie à l'autre : ainsi le père de Joseph, le « grand-père adoptif » de Jésus, s'appelle Jacob pour Matthieu et Héli pour Luc.

L'étude précise des deux textes montre que ces deux énumérations relèvent davantage de la théologie que de la généalogie, même s'ils s'appuient sur un principe identique : pour les Juifs, « être fils » n'est pas seulement une réalité biologique, mais d'abord une évidence légale ; le fils adoptif est considéré l'égal du fils de sang.

Luc ne mentionne pas Marie dans sa généalogie. Il fait descendre Jésus du roi David par Joseph. Il indique ainsi que Jésus représente bien la réalisation de la promesse faite par Dieu à son peuple. Jésus est bien le Messie, le nouveau roi d'Israël, l'incontestable descendant du roi David : par lui la dynastie royale se perpétue, malgré la difficulté (patente chez les disciples) de voir un roi en ce Messie crucifié.

En même temps, Luc fait descendre Jésus d'Abraham, le père de tous les croyants, et d'Adam, le père de toute l'humanité : il signale ainsi l'universalité du salut qu'il apporte, qui vaut pour tous les croyants et tous les hommes.

Luc achève sa liste fastidieuse par une précision qui fait sursauter le lecteur et donne tout son sens à l'énumération : « Fils d'Énos, fils de Seth, fils d'Adam, fils de Dieu. » À l'occasion de cette généalogie humaine, il souligne ainsi que Jésus est Fils de Dieu, mais à un autre titre que toute l'humanité. « Fils de Dieu » le terme est ambigu ; en un sens, il peut s'appliquer à Adam, mais, en un sens restreint seulement, puisque Adam n'est que la première des créatures humaines de Dieu. En revanche, il affirme que Jésus est Fils de Dieu, à un autre titre que toute l'humanité. C'est ce que nous proclamons lorsque nous disons le symbole de Nicée-Constantinople : Jésus est « engendré, non pas créé, de même nature que le Père ».

Matthieu, quant à lui, mentionne Marie. Elle est pour lui le signe du don de l'Esprit car elle est la seule femme qui fait génération : n'est-elle pas la seule souche biologique de Jésus ? Pour lui aussi cependant, c'est par Joseph et l'adoption légale que Jésus descend de David.

Matthieu insiste sur cette filiation de David pour prouver, lui aussi, que Jésus réalise la promesse. Mais l'évangéliste insiste surtout sur la faiblesse masculine et la fermeté féminine. Les cinq femmes citées ont permis à la promesse de se réaliser alors que les hommes la déclaraient impossible : Tamar en se faisant faire un enfant par Juda (Gn 38) ; Rahab la prostituée en permettant l'entrée de Josué dans Jéricho (Jos 2) ; Ruth la Moabite en suscitant un descendant à son mari défunt (Rt) ; Bethsabée en mettant Salomon au monde et en détournant sur lui l'héritage de son père à la place d'Adonias (1 R 2). Et enfin, Marie...

Matthieu évite de retenir la lignée directe de David – composée de pécheurs, elle s'est éteinte biologiquement, même si elle s'est maintenue par adoption – pour préférer une lignée collatérale. Il affirme ainsi que Jésus, quoique descendant de David, n'est pas l'héritier de son royaume au sens terrestre du terme.

L'annonce faite à Marie

Le sixième mois, l'ange Gabriel fut envoyé par Dieu dans une ville de Galilée, du nom de Nazareth, à une vierge fiancée à un homme du nom de Joseph, de la maison de David ; et le nom de la vierge était Marie. Il entra et lui dit : « Réjouis-toi, comblée de grâce, le Sei-

gneur est avec toi. » À cette parole, elle fut toute troublée, et elle se demandait ce que signifiait cette salutation. Et l'ange lui dit : « Sois sans crainte, Marie ; car tu as trouvé grâce auprès de Dieu. Voici que tu concevras dans ton sein et enfanteras un fils, et tu l'appelleras du nom de Jésus. Il sera grand, et sera appelé Fils du Très-Haut. Le Seigneur Dieu lui donnera le trône de David, son père ; il régnera sur la maison de Jacob pour les siècles et son règne n'aura pas de fin. » Mais Marie dit à l'ange : « Comment cela sera-t-il, puisque je ne connais pas d'homme ? » L'ange lui répondit : « L'Esprit Saint viendra sur toi, et la puissance du Très-Haut te prendra sous son ombre ; c'est pourquoi l'être saint qui naîtra sera appelé Fils de Dieu. Et voici qu'Élisabeth, ta parente, vient, elle aussi, de concevoir un fils dans sa vieillesse, et elle en est à son sixième mois, elle qu'on appelait la stérile ; car rien n'est impossible à Dieu. » Marie dit alors : « Je suis la servante du Seigneur ; qu'il m'advienne selon ta parole ! » Et l'ange la quitta.

Luc 1, 26-38

Ce texte prend son plein relief dans l'ensemble des chapitres 1 et 2 de Luc, et en particulier dans le parallèle avec les deux autres interventions des anges : l'annonce à Zacharie (Lc 1, 11-25) et l'annonce faite aux bergers (Lc 2, 13-15).

Les trois annonces se réfèrent explicitement à l'enfant Jésus : la première prédit la venue de celui qui préparera ses chemins, la troisième manifeste la signification universelle de sa naissance. L'annonce faite à Marie proclame que l'enfant, héritier de David, connaîtra un règne sans fin.

Pour autant, l'annonce à Marie se distingue des deux autres : c'est en effet la seule qui soit présentée sous la forme d'un vrai dialogue. En outre, alors que le premier message angélique pousse Zacharie devenu muet à se replier sur lui-même et Élisabeth à se taire sur sa grossesse, les deux autres annonces angéliques ont pour conséquence une joyeuse précipitation à rencontrer l'autre.

Il est frappant de constater que Luc ne parle ni de l'ascendance ni des vertus de Marie dans les deux premiers chapitres de son évangile. Il se concentre sur l'attention que Dieu lui porte gratuitement. Le texte grec favorise cette lecture : alors qu'en latin, le « pleine de grâce », que l'on retrouve dans le Je vous salue Marie, semble insister sur la quantité de grâce reçue, le grec *kekharitômenè* signifie « celle qui est l'objet de la grâce » et affirme hautement la grâce reçue par Marie : « Réjouis-toi, la comblée-de-grâce par Dieu. »

L'honneur que produit l'attention divine ne fait pas de Marie une marionnette. La comparaison avec les autres annonces angéliques montre qu'elle se comporte en partenaire de Dieu et que, par son dialogue avec l'ange, elle collabore à la Révélation. Le salut de l'ange la rend perplexe :

son trouble permet à l'ange de livrer le cœur de son message. Lequel provoque une nouvelle interrogation et un nouvel approfondissement de l'ange, auquel Marie répondra une dernière fois par son assentiment : « Je suis la servante du Seigneur ; qu'il m'advienne selon ta parole ! »

Si l'on s'arrête à cette formule, on peut lui trouver un côté paradoxal : comment peut-on déclarer que l'on est la servante, l'esclave, de quelqu'un alors que l'on discute avec lui ?

Pourtant, si l'expression dénote une volonté de soumission absolue, elle n'indique pas l'absence de liberté. Marie nomme Dieu *kurios*, (c'est le même mot que dans *kyrie eleison* « Seigneur, prends pitié ») et non *despota*, qui a donné « despote », le titre que donne un esclave à son maître, comme Syméon quand il dit : « Et maintenant, *Despota*, tu peux laisser aller ton esclave en paix, selon ta parole » (Lc 2, 29).

Libre et donnée, Marie attend en cherchant la lumière : elle est « très troublée » et conserve les événements en son cœur. Quel autre terme pouvait employer Luc ? Il n'y a pas d'équivalent à ce qui s'est passé à l'Annonciation, ni dans la Bible ni dans les récits de l'humanité. À travers des éléments qu'il a entendus (Lc 1, 1), il a fallu que l'évangéliste trouve son chemin au milieu des mots pour transmettre l'essentiel.

Aussi ne donne-t-il pas d'explication concrète sur la manière dont les choses se sont passées physiquement – il en fera de même à la Résurrection. La conception n'est décrite que dans ses effets : Jean-Baptiste, dans le sein de sa mère, tressaille en présence de Jésus qui va naître. Ce silence ménage une place à la foi : quel coin aurait-elle occupé au milieu de descriptions scabreuses ou de précisions scientifiques aisément réfutables par la médecine moderne ? Ce qui s'est passé à la conception reste éternellement un secret entre Marie et Dieu et un espace pour la foi des hommes.

La Visitation

Après l'Annonciation, Luc apprend à son lecteur un voyage entrepris par Marie pour rencontrer sa cousine Élisabeth, elle aussi enceinte. On appelle souvent cette rencontre la Visitation.

> *En ces jours-là, Marie partit et se rendit en hâte vers la région montagneuse, dans une ville de Juda. Elle entra chez Zacharie et salua Élisabeth. Et il advint, dès qu'Élisabeth eut entendu la salutation de Marie, que l'enfant tressaillit dans son sein et Élisabeth fut remplie d'Esprit Saint. Alors elle poussa un grand cri et dit : « Bénie es-tu entre les femmes, et béni le fruit de ton sein ! Et comment m'est-il donné que vienne à moi la mère de mon Seigneur ? Car, vois-tu, dès l'instant où ta salutation a frappé mes oreilles, l'enfant a tressailli d'allégresse en mon sein. Oui, bienheureuse celle qui a cru en l'accomplissement de ce qui lui a été dit de la part du Seigneur ! » Marie dit alors : « Mon âme exalte le Seigneur [...] » Marie*

demeura avec elle environ trois mois, puis elle s'en retourna chez elle.

Luc 1, 39-46.56

Si l'on ne parle pas de visite mais de Visitation par transposition d'un mot du latin ecclésiastique (*visitatio*), c'est que le texte ne parle pas d'une simple visite courtoise ou affectueuse de Marie à sa cousine enceinte, mais bien de la Visite de Dieu à son peuple.

Jean-Baptiste, « le plus grand parmi les hommes », le dernier des prophètes et le précurseur du Messie, reconnaît, dès avant sa naissance, la présence de Dieu. Il accueille Jésus dans la joie : les habitants de Jérusalem n'en feront pas autant et Jésus en pleurera à la veille de sa Passion (Lc 19, 44).

Cet accueil de Dieu se fait à travers la rencontre des mères, une rencontre qui prend tout son sens si l'on s'interroge, comme les Pères de l'Église l'ont fait, sur la précipitation de Marie à aller voir Élisabeth et que l'on remarque les éléments suivants :

– Marie décide de partir alors que les voyages sont difficiles, voire impossibles pour une femme seule.

– Marie décide de partir vers Aïn-Karim, le lieu probable de la naissance de Jean le Baptiste, sans avoir parlé à quiconque de sa maternité. Son secret l'habite et elle a besoin de quelqu'un vivant quelque chose d'analogue, pour l'aider à le porter ; cela ne veut pas dire qu'elle avait l'intention d'en parler. Quand elle arrive, Élisabeth inspirée « sait », ce qui rend sa salutation prophétique : c'est ce qu'explique Luc qui voit là la présence de l'Esprit.

– Élisabeth et Marie ont un dialogue très profond qui se situe dans la vie quotidienne de deux femmes enceintes, cherchant toutes les deux la volonté de Dieu : Élisabeth applique à Marie ce que la Bible dit d'Abraham et de sa volonté d'obéir à Dieu.

– En saluant Marie, sa cousine réemploie les mots même de David saluant l'arche d'Alliance : « Ce jour-là, David eut peur de Yahvé et dit : "Comment l'arche de Yahvé entrerait-elle chez moi ?" » (2 S 6, 9). Luc conclut l'épisode en affirmant que « Marie demeura avec elle environ trois mois » tandis que l'auteur du Deuxième Livre de Samuel écrit : « L'arche de Yahvé demeura trois mois chez Obed-Édom le Guittite » (2 S 6, 11). Par ces petits détails, l'évangéliste assimile Marie à l'arche d'Alliance, le siège de la présence de Yahvé et, par conséquent, l'enfant qu'elle porte à Dieu.

En réponse à la salutation d'Élisabeth, Marie répond par l'une des hymnes les plus célèbres du christianisme, le Magnificat.

Mon âme exalte le Seigneur,
et mon esprit tressaille de joie en Dieu mon Sauveur,
parce qu'il a jeté les yeux sur l'abaissement de sa servante.
Oui, désormais toutes les générations me diront bienheu-
[reuse,
car le Tout-Puissant a fait pour moi de grandes choses.

Saint est son nom,
et sa miséricorde s'étend d'âge en âge sur ceux qui le [craignent
Il a déployé la force de son bras,
il a dispersé les hommes au cœur superbe.
Il a renversé les potentats de leurs trônes et élevé les humbles,
il a comblé de biens les affamés et renvoyé les riches les [mains vides.
Il est venu en aide à Israël, son serviteur,
se souvenant de sa miséricorde.

Luc 1, 46-54

Le texte répond à la parole d'Élisabeth, « Bienheureuse celle qui a cru en l'accomplissement de ce qui lui a été dit de la part du Seigneur ! », qui fait de Marie un nouvel Abraham, le premier homme dont la foi est chantée par la Bible (Gn 15, 6) et à qui l'assurance est donnée que les promesses qu'on lui fait seront accomplies (Gn 18, 19).

Marie prononce donc le Magnificat comme un nouvel Abraham, c'est-à-dire comme la « mère » de tous les croyants ; Abraham n'était-il pas le Père des croyants (cf. Lc 1, 73 ; Lc 3, 8 ; Rm 4, 12-6) ? On remarquera, au cœur du Magnificat, le passage du « je » au « nous » : Marie a conscience que son aventure personnelle est un événement pour toute la terre et pour tous les temps. « Personnaliser » une grâce donnée pour tous, en la déclarant accordée à un seul homme, est une des manières habituelles de Dieu dans l'Ancien Testament.

L'action de grâce de Marie porte sur la naissance de Jésus : le Magnificat reprend les termes mêmes de l'ange, en employant le verbe « réjouir » et en faisant une allusion au nom de Jésus (qui signifie Dieu mon Sauveur). Mais la joie que provoque cette naissance est due au salut apporté aux pauvres. D'une certaine manière, le Magnificat n'est pas centré sur le Christ, mais sur l'Amour, sur l'Alliance entre Dieu et les pauvres, et le bonheur de ces derniers.

Lorsque l'on regarde attentivement le texte, on peut entendre retentir à travers lui les chants des victoires du peuple de Dieu et ceux des mères stériles à qui un enfant est donné. C'est un chant de victoire « militaire » : ceux qui sont battus sont ceux qui mènent le monde par un faux savoir, celui des orgueilleux, d'un faux pouvoir, d'une fausse possession.

Cette œuvre de puissance, accomplie par un coup de force, réalise la promesse du psaume :

Ma force et mon chant, c'est Yahvé
Il fut pour moi le salut.
Clameurs de joie et de salut
sous les tentes des justes :
La droite de Yahvé a fait prouesse !

Psaume 118 (117), 14-16

Mais le coup de force a déjà eu lieu ! Les verbes sont au passé, ou plutôt à un mode verbal (l'aoriste) qui signifie que ce qui a été commencé dans le passé continue dans le présent.

La clef de la lecture du Magnificat est sans doute le mot « miséricorde » si présent dans l'Ancien Testament. On notera que les musulmans appellent aussi Dieu « Le Miséricordieux » ; c'est même le nom qu'ils préfèrent pour le désigner. Mais l'expression biblique évoque moins une émanation de l'être bon, comme c'est le cas pour l'islam, qu'une tendresse, qu'une alliance, qu'un échange. Craindre Dieu ne signifie plus éprouver de la terreur devant une menace, mais être rempli d'un esprit d'amour (Is 11, 2-3) qui « tremble » devant celui qu'il aime.

Le Magnificat prend son sens quand on le comprend également comme une réécriture du cantique d'Anne, la femme stérile devenue mère.

Anne pria et dit :

Mon cœur exulte en Yahvé,
ma corne s'élève en Yahvé,
ma bouche est large ouverte contre mes ennemis,
car je me réjouis en ton secours.

Point de Saint comme Yahvé
(car il n'y a personne excepté toi),
point de Rocher comme notre Dieu.

Ne multipliez pas les paroles hautaines,
que l'arrogance ne sorte pas de votre bouche,
car Yahvé est un Dieu plein de savoir
et par lui les actions sont pesées.

L'arc des puissants est brisé,
mais les défaillants se ceignent de force.
Les rassasiés s'embauchent pour du pain,
mais les affamés cessent de travailler.
La femme stérile enfante sept fois,
mais celle qui a de nombreux fils se flétrit.

C'est Yahvé qui fait mourir et vivre,
qui fait descendre au shéol et en remonter.
C'est Yahvé qui appauvrit et qui enrichit,
qui abaisse et aussi qui élève.

Il retire de la poussière le faible,
du fumier il relève le pauvre,
pour les faire asseoir avec les nobles
et leur assigner un siège d'honneur ;
car à Yahvé sont les piliers de la terre,
sur eux il a posé le monde.

Il garde les pas de ses fidèles,
mais les méchants disparaissent dans les ténèbres
(car ce n'est pas par la force que l'homme triomphe).
Yahvé, ses ennemis sont brisés,
le Très-Haut tonne dans les cieux.

Yahvé juge les confins de la terre,
il donne la force à son Roi,
il élève la corne de son Oint.

1 Samuel 2, 1-10

Le cantique de Marie, le Magnificat, est un chant de guerre, le chant de la bataille de Dieu au cœur de l'histoire humaine, bataille pour l'instauration d'un monde de rapports fraternels et de profond respect pour chaque être en qui le Père veut faire demeurer son Esprit.

L'image de la femme enceinte, capable de donner le jour à ce qui est neuf, est celle de Dieu qui, par la force de son Esprit, fait naître des hommes et des femmes qui se vouent à la justice et vivent leur rapport avec lui dans une relation aimante avec leurs semblables.

Le cantique de Marie est le programme du Royaume de Dieu.

La naissance de Jésus : « Il vous est né un Sauveur »

Évangile de Noël, évangile trop connu d'avoir été trop entendu, le récit de la Nativité est sans doute l'événement capital de la vie de Marie : enfin, elle devient mère.

Or, il advint, en ces jours-là, que parut un édit de César Auguste, ordonnant le recensement de tout le monde habité. Ce recensement, le premier, eut lieu pendant que Quirinius était gouverneur de Syrie. Et tous allaient se faire recenser, chacun dans sa ville. Joseph aussi monta de Galilée, de la ville de Nazareth, en Judée, à la ville de David, qui s'appelle Bethléem, – parce qu'il était de la maison et de la lignée de David – afin de se faire recenser avec Marie, sa fiancée, qui était enceinte. Or il advint, comme ils étaient là, que les jours furent accomplis où elle devait enfanter. Elle enfanta son fils premier-né, l'enveloppa de langes et le coucha dans une crèche, parce qu'ils manquaient de place dans la salle.

Il y avait dans la même région des bergers qui vivaient aux champs et gardaient leurs troupeaux durant les veilles de la nuit. L'Ange du Seigneur se tint près d'eux et la gloire du Seigneur les enveloppa de sa clarté ; et ils furent saisis d'une grande crainte. Mais l'ange leur dit : « Soyez sans crainte, car voici que je vous annonce une grande joie, qui sera celle de tout le peuple : aujourd'hui vous est né un Sauveur, qui est le Christ Seigneur, dans la ville de David. Et ceci vous servira de signe : vous trouverez un nouveau-né enveloppé de langes et couché dans une crèche. » Et soudain se joignit à l'ange une troupe nombreuse de l'armée céleste, qui louait Dieu, en disant :

« Gloire à Dieu au plus haut des cieux et sur la terre paix aux hommes objets de sa complaisance ! »

Et il advint, quand les anges les eurent quittés pour le ciel, que les bergers se dirent entre eux : « Allons jusqu'à Bethléem et voyons ce qui est arrivé et que le Seigneur nous a fait connaître. » Ils vinrent donc en hâte et trouvèrent Marie, Joseph et le nouveau-né couché dans la crèche. Ayant vu, ils firent connaître ce qui leur avait été

dit de cet enfant ; et tous ceux qui les entendirent furent étonnés de ce que leur disaient les bergers. Quant à Marie, elle conservait avec soin toutes ces choses, les méditant en son cœur. Puis les bergers s'en retournèrent, glorifiant et louant Dieu pour tout ce qu'ils avaient entendu et vu, suivant ce qui leur avait été annoncé.
Et lorsque furent accomplis les huit jours pour sa circoncision, il fut appelé du nom de Jésus, nom indiqué par l'ange avant sa conception.

Luc 2, 1-21

Le texte est centré sur le Christ et son sens est donné par la déclaration de l'ange (probablement Gabriel qui reprend du service) qui dit aux bergers : « Aujourd'hui vous est né un Sauveur ». Pourquoi ce titre ? Dans l'Ancien Testament, le titre de « Sauveur » n'est donné qu'à Dieu et à ceux qu'il envoie agir en son nom. Mais au temps du Christ, les empereurs romains s'emparent de l'appellation : on l'emploie désormais rarement dans la Bible. Saint Luc rappelle (Ac 4, 12) que Jésus est l'unique Sauveur : en cela, il ne fait que faire entendre son nom puisque Jésus signifie « Dieu sauve ». Le titre de « Sauveur » est explicité par deux autres : « Christ », le titre du Messie dans l'Ancien Testament désigné comme l'Oint de Dieu (*christos* signifie « oint » en grec), et « Seigneur », l'autre nom de Dieu.

Marie a apparemment peu de place dans ce récit : elle n'est citée que dans cinq versets, plus étonnants qu'il n'y paraît. Tout d'abord son geste d'emmailloter son enfant à la naissance : la liberté du geste de Marie, qui vient d'accoucher, souligne qu'elle n'a pas enfanté dans la douleur comme les autres femmes depuis Ève. Le verset a été continûment exploité pour démontrer la naissance miraculeuse de Jésus.

En outre, comparons la phrase : « Elle enfanta son fils premier-né, l'enveloppa de langes et le coucha dans une crèche » avec : « Il le descendit, le roula dans un linceul et le mit dans une tombe taillée dans le roc » (Lc 23, 53). Au lange correspond le linceul, à la crèche le tombeau, à l'enfantement de Marie, la mise au tombeau de Joseph d'Arimathie. La naissance de Jésus semble annoncer une nouvelle naissance.

Enfin, au verset 19, il est dit : « Quant à Marie, elle conservait avec soin toutes ces choses, les méditant en son cœur. » Le verbe employé par Luc que l'on traduit par « méditer » est *symballo*, qui a donné « symbole » et dont l'antonyme, le contraire, est le verbe *diaballo*, « diviser », activité qui caractérise le *diabolos*, le diable. Sans péché, sans intrusion ou sans captation, Marie est capable de faire en silence le lien entre tous ces événements, de les réunir. Au verset 19, Luc dit de Marie qu'elle conserve ces événements dans son cœur, au verset 51, il ajoute : « Sa mère gardait avec soin ces paroles dans son cœur » ; il est clair que pour lui la prière de Marie est conservation d'événement, et donc source d'une tradition fiable. Elle est celle qui engendre le souvenir permettant de comprendre : on ne force pas le texte de Luc en affirmant que Marie a compris le sens de la naissance de son fils en vivant sa mort et sa résurrection-renaissance.

Dès lors, quelques détails méritent d'être soulignés :

– Tout le récit est construit sur un balancement entre « ici » et « maintenant » (à Bethléem à telle époque) et « partout » et « toujours » : Joseph est descendant de David, de Bethléem, mais le recensement concerne toute la terre.

– Un contraste s'échafaude entre la puissance (celle de l'empereur) et l'humilité : le salut ne vient pas selon des normes humaines ; il est donné aux pauvres que Dieu choisit et aime (v. 14).

– Un scandale, décrit par ailleurs par saint Jean, est souligné ici : « Il est venu dans son propre pays et les siens ne l'ont pas accueilli » (Jn 1, 11). Comme tout habitant de Bethléem, Joseph, dont c'était le village, avait sa place dans la salle commune : pourquoi n'a-t-il pas été reçu ?

– Il existe peut-être dans ce texte des allusions eucharistiques : la mangeoire ; la salle commune, désignée par le même mot que le Cénacle, lieu du dernier repas de Jésus.

Marie était-elle une mère abusive ?

Il est fréquent d'entendre critiquer le culte et l'amour de Marie au nom de la psychologie. Beaucoup d'hommes et, dit-on, beaucoup de prêtres feraient de Marie une mère idéale, la femme par excellence. Leur amour pour Marie, vierge et inaccessible, serait une manière de se conforter dans l'immaturité de ceux qui n'accèdent pas à une sexualité et à une personnalité adultes. Le texte biblique montre que Marie – dans ce que l'on connaît de sa personnalité à travers les évangiles – ne se laisse pas facilement réduire à ce fantasme.

Ses parents se rendaient chaque année à Jérusalem pour la fête de la Pâque. Et lorsqu'il eut douze ans, ils y montèrent, comme c'était la coutume pour la fête. Une fois les jours écoulés, alors qu'ils s'en retournaient, l'enfant Jésus resta à Jérusalem à l'insu de ses parents. Le croyant dans la caravane, ils firent une journée de chemin, puis ils se mirent à le rechercher parmi leurs parents et connaissances. Ne l'ayant pas trouvé, ils revinrent, toujours à sa recherche, à Jérusalem. Et il advint, au bout de trois jours, qu'ils le trouvèrent dans le Temple, assis au milieu des docteurs, les écoutant et les interrogeant ; et tous ceux qui l'entendaient étaient stupéfaits de son intelligence et de ses réponses. À sa vue, ils furent saisis d'émotion, et sa mère lui dit : « Mon enfant, pourquoi nous as-tu fait cela ? Vois ! ton père et moi, nous te cherchons, angoissés. » Et il leur dit : « Pourquoi donc me cherchiez-vous ? Ne saviez-vous pas que je dois être dans la maison de mon Père ? » Mais eux ne comprirent pas la parole qu'il venait de leur dire.

Il redescendit alors avec eux et revint à Nazareth ; et il leur était soumis. Et sa mère gardait fidèlement toutes ces choses en son cœur. Quant à Jésus, il croissait en sagesse, en taille et en grâce devant Dieu et devant les hommes.

Luc 2, 41-52

Marie et Joseph vont en pèlerinage à Jérusalem : chacun devait le faire, et c'était pour Jésus, qui avait douze ans, le premier pèlerinage. Est-ce une décision à la suite d'un raisonnement – « Le petit est grand maintenant, il marchera avec ses amis. » – ou simplement une preuve de confiance ? Marie et Joseph laissent Jésus vivre sa vie. Marie ne materne pas, ne surprotège pas : elle donne de l'indépendance à son fils. On peut même penser que ce calme est le fruit d'un équilibre de sa vie avec Joseph. Elle n'a pas à compenser sur son fils unique les difficultés de leur ménage.

> *Dans cette grande entreprise du renouvellement de toutes choses dans le Christ, le mariage, lui aussi purifié et renouvelé, devient une réalité nouvelle, un sacrement de la nouvelle Alliance. Et voici qu'au seuil du Nouveau Testament, comme à l'entrée de l'Ancien, se dresse un couple. Mais, tandis que celui d'Adam et Ève fut la source du mal qui a déferlé sur le monde, celui de Joseph et de Marie est le sommet d'où la sainteté se répand sur toute la terre. Le Sauveur a commencé l'œuvre de salut par cette union virginale et sainte où se manifeste sa toute puissante volonté de purifier et de sanctifier la famille, ce sanctuaire de l'amour et ce berceau de vie.*
>
> Paul VI, Allocution aux équipes Notre-Dame, 4 mai 1970

Au Temple, Jésus « découvre » sa mission sans se préoccuper davantage de ses parents. Ceux-ci s'alarment lorsqu'ils découvrent son absence.

Pour beaucoup de commentateurs, les trois jours d'absence du Christ sont une annonce des trois jours de sa mort, et le simple rapprochement souligne le côté tragique de la situation. D'ailleurs le Temple, lieu de la présence de Dieu aux yeux des Juifs, perdra sa signification au moment de la mort du Christ à Jérusalem.

Pour le moment, Marie et Joseph retrouvent Jésus.

Le dialogue qui s'ensuit est particulièrement intéressant. Dans l'esprit de beaucoup, Jésus mériterait une paire de claques ou une vraie remontrance. Or ce n'est pas ce qui se passe. Les parents sont saisis de stupeur, mais ils n'éclatent pas en colère ou en reproches : ils disent ce qu'ils éprouvent. Marie prend soin d'associer Joseph dans ce qu'elle dit, comme pour sous-entendre : « Je t'aime, tu es mon enfant, mais j'ai un mari et une relation stable avec lui, qui fait que je ne suis pas seule avec toi. Tu n'es plus mon bébé et je ne te possède pas. Et je ne suis pas diminuée par ton départ. »

À beaucoup, la réponse de Jésus semblera insolente : « Pourquoi donc me cherchiez-vous ? Ne saviez-vous pas que je dois être dans la maison de mon Père ? » Marie, deux ou trois fois, se fera rabrouer ainsi : cette expérience pénible la place à chaque fois devant le mystère de son fils, et devant sa nécessité de vivre sa mission jusqu'à la mort.

Si elle ne comprend pas, elle accepte de vivre cet abandon. Au fond, son regard sur Jésus est le regard d'une mère qui reste totalement unie à son fils qu'elle suivra jusqu'à la mort, mais qui ne veut pas interférer dans sa mission, autrement que par un amour gratuit et totalement dépossédé.

Les véritables « amoureux » de Marie sentent cette gratuité absolue : ils ne rêvent d'aucune fusion avec une mère imaginaire qui les empêcherait de vivre. Ils savent au contraire que, secrètement et quoi qu'il puisse lui en coûter, son regard les envoie sur les routes du monde en leur disant : « Va, aie le courage d'affronter ta vie et le mystère du désir profond que Dieu a placé en toi. »

> *Consciente du mystère de son divin fils, Marie s'est laissée conduire par l'Esprit pour se comporter conformément à sa mission maternelle. En vraie femme de prière, la Vierge a demandé à l'Esprit Saint de compléter l'œuvre commencée à la conception, afin que l'enfant grandisse « en sagesse, en âge et en grâce devant Dieu et devant les hommes » (Luc 2, 52). Sous cet angle, Marie apparaît comme un modèle pour les parents : elle leur montre le besoin de recourir à l'Esprit Saint pour trouver le juste chemin dans la tâche difficile qu'est l'éducation.*
>
> Jean-Paul II, Audience générale du 9 décembre 1998

Pourquoi nous as-tu fait cela ? (Lc 2, 42)

Pourquoi nous as-tu fait cela ? Cette lamentation vient spontanément aux lèvres quand le malheur frappe. On s'adresse à Dieu en lui demandant : pourquoi moi ? pourquoi nous faire cela ? que t'ai-je fait ? Quelquefois, on s'adresse ainsi à son enfant. Mais on va plus loin que Marie en ajoutant : « Qu'est-ce que j'ai fait au Bon Dieu pour mériter cela ? »

Dans un célèbre chemin de croix peint pour l'église des soldats, aux Invalides à Paris, le philosophe et peintre Jean Guitton met cette phrase dans la bouche de Marie, non au Temple, comme elle fut originellement dite, mais lors de la Passion. Le visage de Marie est pacifié, douloureux mais calme, contemplatif. Pour Guitton, Marie est l'Église prenant conscience de ce que fait le Christ pour les hommes et les femmes qu'il veut sauver. La question n'est pas un reproche, mais, devant le sacrifice délibérément offert, la découverte silencieuse de l'amour de Dieu. La question se métamorphose : pourquoi un tel amour ? comment en vivre ?

Marie martyre ?

> *Son père et sa mère étaient dans l'étonnement de ce qui se disait de lui. Syméon les bénit et dit à Marie, sa mère : « Vois ! cet enfant doit amener la chute et le relèvement d'un grand nombre en Israël ; il doit être un signe en butte à la contradiction, – et toi-même, une épée te transpercera l'âme ! – afin que se révèlent les pensées intimes de bien des cœurs. »*
>
> Luc 2, 33-35

Les évangélistes évoquent sans s'appesantir les douleurs qui furent celles de Marie. Et pourtant, les mystères douloureux de sa vie sont nombreux : le soupçon d'avoir été trouvée enceinte ; la difficulté de trouver un gîte pour la naissance de Jésus ; le massacre des Innocents ; la fuite en Égypte ; la perte de Jésus au Temple lorsqu'il a douze ans ; le reproche de Jésus à son inquiétude ; le départ de Jésus de Nazareth et la difficulté de le rencontrer ; les doutes de son entourage à propos de Jésus ; la présence impuissante à la Passion du Christ et à sa mort.

Les évangélistes n'évoquent même pas les malheurs « ordinaires », ces souffrances qui touchent chacun, la disparition de ses parents et le décès de son mari Joseph, mort sans doute avant le début de la vie publique du Christ.

Les chrétiens méditeront beaucoup, tout au long de l'histoire, la prophétie de Syméon. Beaucoup de ceux qui, aujourd'hui, souhaitent que l'Église catholique reconnaisse la participation active de Marie à la Rédemption du monde, y voient une annonce de ce qui a été la vie de la Vierge : un don total de soi.

> *Les larmes de la Mère des Douleurs remplissent l'Écriture et débordent sur tous les siècles. Toutes les mères, toutes les veuves, toutes les vierges qui pleurent n'ajoutent rien à cette effusion surabondante qui suffirait pour laver les cœurs de dix mille mondes désespérés. Tous les blessés, tous les dénués et tous les opprimés, toute cette procession*

douloureuse qui encombre les atroces chemins de la vie, tiennent à l'aise dans les plis traînants du manteau d'azur de Notre-Dame-des-Sept-Douleurs. Toutes les fois que quelqu'un éclate de pleurs, dans le milieu de la foule ou dans la solitude, c'est elle-même qui pleure, parce que toutes les larmes lui appartiennent en sa qualité d'Impératrice de la Béatitude et de l'Amour. Les larmes de Marie sont le Sang même de Jésus-Christ, répandu d'une autre manière, comme sa compassion fut une sorte de crucifiement intérieur pour l'Humanité sainte de son Fils. Les larmes de Marie et le Sang de Jésus sont la double effusion d'un même cœur et l'on peut dire que la compassion de la Sainte Vierge était la Passion sous sa forme la plus terrible. C'est ce qu'expriment ces paroles adressées à sainte Brigitte : « L'affliction du Christ était mon affliction parce que son cœur était mon cœur ; car comme Adam et Ève ont vendu le monde pour une seule pomme, mon Fils et moi, nous avons racheté ce monde avec un seul Cœur. » Les larmes sont un legs de la Mère des Douleurs, legs tellement redoutable qu'on ne peut le dissiper dans les vaines affections du monde sans se rendre coupable d'une sorte de sacrilège. Sainte Rose de Lima disait que nos larmes sont à Dieu et que quiconque les verse sans songer à lui, les lui vole.

Léon Bloy, *Le Symbolisme de l'Apparition*

MARIE CHEZ JEAN

Chaque évangéliste a sa propre manière de parler de Marie. Jean possède la sienne, puissamment originale.

Elle s'exprime à travers l'évangile et l'Apocalypse. Même si l'on peut discuter pour savoir si l'évangile, les lettres de Jean et l'Apocalypse ont été écrits par la même personne, nul ne s'avisera à contester que tous ces écrits sont l'expression d'une même communauté, la communauté johannique : Marie, de manière évidente, occupait une place importante dans cette communauté et l'on peut estimer que les textes qui en sont issus – dont on commence à percevoir la nature très liturgique – sont tous empreints de la prière de Marie.

Partie prenante de cette communauté, Marie doit être associée au « nous » du prologue, cette hymne liturgique, mais également au « nous » de la première épître de Jean :

Ce qui était dans le commencement, ce que nous avons entendu, ce que nous avons vu de nos yeux, ce que nous avons contemplé, ce que nos mains ont touché du verbe de vie [...] nous vous l'annonçons.

1 Jean 1, 1-3

En effet, n'est-ce pas au disciple bien-aimé (identifié à Jean mais aussi à tous les disciples) que le Christ en Croix confie sa mère ?

Mais si les écrits attribués à l'évangéliste Jean (l'évangile selon saint Jean et l'Apocalypse) donnent de Marie une présentation un peu différente de celle des autres évangiles, Jean approfondit leur réflexion sur la signification spirituelle de la maternité de Marie. Conformément à son habitude il symbolise, il bâtit en effet une lecture de la figure mariale spiritualisée qui transcende sa simple personnalité humaine. Marie symbolise et représente l'humanité de la promesse : héritière de la promesse de l'Ancien Testament, elle prend dans l'Apocalypse le visage de l'Église.

Les noces de Cana

Mariage à Cana de Galilée : Jésus, sa mère, et les disciples de Jésus sont invités, et voici que le vin vient à manquer...

> *Le troisième jour, il y eut des noces à Cana de Galilée, et la mère de Jésus y était. Jésus aussi fut invité à ces noces, ainsi que ses disciples. Et ils n'avaient pas de vin, car le vin des noces était épuisé. La mère de Jésus lui dit : « Ils n'ont pas de vin. » Jésus lui dit : « Que me veux-tu, femme ? Mon heure n'est pas encore arrivée. » Sa mère dit aux servants : « Tout ce qu'il vous dira, faites-le. » Or il y avait là six jarres de pierre, destinées aux purifications des Juifs, et contenant chacune deux ou trois mesures. Jésus leur dit : « Remplissez d'eau ces jarres. » Ils les remplirent jusqu'au bord. Il leur dit : « Puisez maintenant et portez-en au maître du repas. » Ils lui en portèrent. Lorsque le maître du repas eut goûté l'eau devenue vin – et il ne savait pas d'où il venait, tandis que les servants le savaient, eux qui avaient puisé l'eau – le maître du repas appelle le marié et lui dit : « Tout homme sert*

d'abord le bon vin et, quand les gens sont ivres, le moins bon. Toi, tu as gardé le bon vin jusqu'à présent ! » Cela, Jésus en fit le commencement des signes à Cana de Galilée et il manifesta sa gloire et ses disciples crurent en lui.

Jean 2, 1-11

Pour comprendre ce texte, il faut le situer dans l'évangile : le récit se déroule à la fin de la première semaine de prédication de Jésus. Jean, qui a commencé son évangile en évoquant la Genèse, « au commencement », poursuit à l'identique en décrivant une première semaine de création. Le premier jour, Jean le Baptiste rencontre une délégation officielle de Jérusalem et leur annonce qu'au milieu d'eux se tient celui qu'ils ne connaissent pas ; le deuxième jour, Jean-Baptiste déclare de Jésus voici l'Agneau de Dieu ; le troisième jour, Jésus appelle ses premiers disciples ; trois jours plus tard, il fait son premier miracle, ou plus exactement, comme le dit le texte grec, le prototype de ses miracles. Nous sommes donc au septième jour, le jour de l'achèvement de la création.

L'épisode demeure difficile à comprendre car, partant d'un événement réel – on sait encore situer Cana aujourd'hui –, Jean veut faire comprendre le mystère de la personne du Christ et de sa mission aux hommes ses frères.

La tradition de l'Église a lu dans ce récit trois types d'enseignement :

– Le Christ, par sa présence à des noces humaines, approuve et sanctifie le mariage.

– Les noces de Cana sont le signe de l'Alliance entre Dieu et son Peuple, entre Dieu et chacun (cf. Ep 5, 21-33), Alliance qui sera totalement manifestée dans la Passion du Christ, l'Heure du Christ dans la pensée de Dieu (Jn 12, 23-27 ; 13, 1 ; etc.), l'Heure de la manifestation de sa gloire.

– Pour saint Augustin, la transformation de l'eau en vin symbolise l'accomplissement de l'ancienne Alliance dans la nouvelle, qui est la même mais d'une autre nature. Jean reprendra ce thème dans le discours sur pain de vie où la Parole (et en particulier l'Ancien Testament) se prolonge dans le pain de vie de l'Eucharistie.

Que dire de Marie dans ce récit ? Remarquons tout d'abord qu'elle est présente à Cana, sommet de la semaine inaugurale, comme elle sera présente au pied de la Croix. C'est-à-dire qu'elle est présente au début et à la fin de la manifestation de la gloire de Dieu par Jésus vivant sur terre. Présence discrète mais familière dans le sillage de Jésus, elle se montre en « témoin qui a tout vu » du ministère du Christ.

Dans un évangile où les épisodes liés à la Nativité sont passés sous silence, Marie joue son rôle d'accoucheur de Dieu : n'est-ce pas elle qui pousse Jésus à se manifester ? « Ils n'ont plus de vin. » Marie manifeste de l'attention aux besoins des hommes, sans pour autant demander un miracle.

La réponse de Jésus paraît dure : « Que me veux-tu, femme ? », plus littéralement, « qu'y a-t-il entre toi et moi, femme ? » Jésus semble prendre une certaine distance avec sa mère. Au moment de commencer son œuvre, on a l'impression que Jésus dit à sa mère qu'elle n'a pas à y participer :

> *Au moment de faire cette œuvre toute divine, c'est comme si Jésus disait à sa mère : le pouvoir de faire ce miracle, je ne le tiens pas de toi qui n'as pas engendré ma divinité, tu ne peux y être associée ; mais quand la faiblesse de ma nature, que tu m'as donnée, sera clouée à la Croix, alors je te reconnaîtrai et je t'associerai à mon sacrifice.*
>
> Saint Augustin, *Sur Jésus*

À vrai dire, si cette parole de Jésus peut être interprétée comme un distinguo entre nature humaine et nature divine, il faut aussi faire résonner toutes les harmoniques du mot « femme ». L'appellation peut ne pas paraître affectueuse ; mais elle évoque Genèse 2 et l'histoire de la première femme (Ève). En l'appelant « femme », Jésus ne la désigne-t-il pas comme la fille d'Ève, l'héritière de la race de la promesse ? Marie, figure par excellence de la maternité et de l'humanité, nouvelle Ève qui représente l'humanité tout entière, pousse son Dieu, pour l'heure caché, à se révéler dans toute sa gloire par un signe. Mais alors que l'ancienne Ève aurait agi finalement contre l'humanité, la nouvelle agit en faveur de l'humanité. Saint Jean parle plus loin de « l'heure de la femme » au moment d'accoucher (Jn 16, 21), et dans l'Apocalypse, de la « Femme » vêtue de soleil (Ap 12). Pour lui, Marie est ici celle qui représente l'humanité aux noces mystiques de l'Agneau.

Ainsi, le miracle de Cana signifie tout autre chose qu'un miracle pour ivrogne ! Marie lui confère toute sa portée par sa recommandation reprenant les mots du patriarche Joseph annonçant le Messie (Gn 41, 55) : « Ce qu'il vous dira, faites-le ! »

La « Femme » de Jean

La suite de l'évangile de Jean accentue cette dimension universelle de Marie. De la nouvelle Ève, la voilà figure de l'Église croyante :

> *En vérité, en vérité, je vous le dis, vous pleurerez et vous vous lamenterez, et le monde se réjouira ; vous serez tristes, mais votre tristesse se changera en joie. La femme, sur le point d'accoucher, s'attriste parce que son heure est venue ; mais lorsqu'elle a donné le jour à l'enfant, elle ne se souvient plus des douleurs, dans la joie qu'un homme soit venu au monde. Vous aussi, maintenant vous voilà tristes ; mais je vous verrai de nouveau et votre cœur sera dans la joie, et votre joie, nul ne vous l'enlèvera.*
>
> Jean 16, 20-22

Jean-Paul II a souvent une vision très johannique de Marie, en particulier dans l'encyclique qu'il lui a consacrée, *Redemptoris Mater* :

> *L'Église est le Corps du Christ qui s'avance mystiquement dans les siècles. Marie de Nazareth en est la Mère. Elle est la Mère de l'Église.*

Aussi l'Église regarde-t-elle Marie à travers Jésus, comme elle « regarde » Jésus à travers Marie. Cette réciprocité nous permet d'approfondir sans cesse, en même temps que ce patrimoine des vérités à croire, l'orbite de « l'obéissance de la foi » qui marque les pas de cette très haute créature de la maison de Nazareth à Aïn Karim, au Temple, à Cana, sur le Calvaire.
Puis, entre les murs du Cénacle, dans l'attente remplie de prière de l'Esprit Saint, Marie « avança dans le pèlerinage de la foi et garda fidèlement l'union avec son Fils jusqu'à la Croix ».

Jean-Paul II, Audience générale du 25 mars 1987
présentant l'encyclique *Redemptoris Mater*

Dans cette parole, les disciples de Jésus qui vont traverser les turbulences de la mort et de la résurrection du Christ sont comparés à la femme qui va accoucher. Marie n'est-elle pas présente sous l'image de cette femme, elle qui pleure à la Passion en voyant son Fils mourir pour renaître à la vie éternelle ? Marie personnalise les croyants, ce qui amorce la comparaison avec l'Église.

Poussons un peu plus loin, et contemplons-la au pied de la croix :

Or près de la croix de Jésus se tenaient sa mère et la sœur de sa mère, Marie, femme de Clopas, et Marie de Magdala. Jésus donc voyant sa mère et, se tenant près d'elle, le disciple qu'il aimait, dit à sa mère : « Femme, voici ton fils. » Puis il dit au disciple : « Voici ta mère. » Dès cette heure-là, le disciple l'accueillit chez lui.

Jean 19, 25-27

En reconnaissant sous les traits « du disciple que Jésus aimait » l'auteur de l'évangile, on a souvent compris l'épisode comme l'ultime prévenance d'un bon fils soucieux de l'avenir de sa pauvre mère en deuil : Marie, désormais privée de soutien masculin, trouverait dans la famille de Jean la paix et la sécurité. En réalité, ces deux versets vont beaucoup plus loin :

– Soulignons l'importance du mot « femme » : il institue Marie nouvelle Ève, en descendante de la première femme. En appelant sa mère « femme », Jésus l'érige en symbole de l'humanité issue d'Ève.

– En désignant le disciple comme « celui qu'il aimait », l'évangéliste le désigne comme celui qui possède la plénitude de ses paroles. N'est-il pas celui qui se penchait sur sa poitrine pour recueillir ses moindres paroles ? Disciple parfait, il figure la communauté nouvelle, celle des croyants.

– En précisant que « dès cette heure-là, le disciple l'accueillit chez lui », le texte indique bien davantage qu'un simple accueil. « Chez lui » peut vouloir dire « dans sa maison », mais aussi « dans son intimité, dans son cœur ». Marie, désormais, fait partie de l'intimité johannique.

Celle qui est – et demeure – mère de Jésus, devient, à la Croix, mère des disciples qu'engendre la croix.

Certains commentateurs n'hésitent pas à comprendre l'ensemble de l'œuvre de Jean dans cette perspective. Ainsi lisent-ils dans le prologue de son évangile de nombreuses allusions à Marie. Pour eux, ce texte, en forme poétique, est un cantique, une hymne liturgique et le « nous » des versets 14 à 16 renvoie à la communauté johannique dont Marie faisait partie. Le mot « grâce » pourrait faire allusion à l'Annonciation (Lc 1, 31). Les mêmes commentateurs donnent un relief particulier au début de la première lettre de saint Jean en incluant Marie dans le « nous » qui la rythme (1 Jn 1, 3).

Cette identification entre Marie et l'Église trouve son aboutissement dans le texte très difficile de l'Apocalypse :

> *Un signe grandiose apparut au ciel : une Femme ! le soleil l'enveloppe, la lune est sous ses pieds et douze étoiles couronnent sa tête ; elle est enceinte et crie dans les douleurs et le travail de l'enfantement. Puis un second signe apparut au ciel : un énorme Dragon rouge-feu, à sept têtes et dix cornes, chaque tête surmontée d'un diadème. Sa queue balaie le tiers des étoiles du ciel et les précipite sur la terre. En arrêt devant la Femme en travail, le Dragon s'apprête à dévorer son enfant aussitôt né. Or la Femme mit au monde un enfant mâle, celui qui doit mener toutes les nations avec un sceptre de fer ; et son enfant fut enlevé jusqu'auprès de Dieu et de son trône,*

tandis que la Femme s'enfuyait au désert, où Dieu lui a ménagé un refuge pour qu'elle y soit nourrie mille deux cent soixante jours.
Alors, il y eut une bataille dans le ciel : Michel et ses Anges combattirent le Dragon. Et le Dragon riposta, avec ses Anges, mais ils eurent le dessous et furent chassés du ciel. On le jeta donc, l'énorme Dragon, l'antique Serpent, le Diable ou le Satan, comme on l'appelle, le séducteur du monde entier, on le jeta sur la terre et ses Anges furent jetés avec lui. Et j'entendis une voix clamer dans le ciel : « Désormais, la victoire, la puissance et la royauté sont acquises à notre Dieu, et la domination à son Christ, puisqu'on a jeté bas l'accusateur de nos frères, celui qui les accusait jour et nuit devant notre Dieu. Mais eux l'ont vaincu par le sang de l'Agneau et par la parole dont ils ont témoigné, car ils ont méprisé leur vie jusqu'à mourir. Soyez donc dans la joie, vous, les cieux et leurs habitants. Malheur à vous, la terre et la mer, car le Diable est descendu chez vous, frémissant de colère et sachant que ses jours sont comptés. »
Se voyant rejeté sur la terre, le Dragon se lança à la poursuite de la Femme, la mère de l'Enfant mâle. Mais elle reçut les deux ailes du grand aigle pour voler au désert jusqu'au refuge où, loin du Serpent, elle doit être nourrie un temps et des temps et la moitié d'un temps. Le Serpent vomit alors de sa gueule comme un fleuve d'eau derrière la Femme pour l'entraîner dans ses flots. Mais la terre vint au secours de la Femme : ouvrant la bouche, elle engloutit le fleuve vomi par la gueule du Dragon. Alors,

furieux contre la Femme, le Dragon s'en alla guerroyer contre le reste de ses enfants, ceux qui gardent les commandements de Dieu et possèdent le témoignage de Jésus. Et je me tins sur la grève de la mer.

Apocalypse 12, 1-18

Si le livre de l'Apocalypse est difficile à appréhender, sa visée pédagogique et spirituelle est claire : faire comprendre qui est le Christ. Ce chapitre 12 en est le cœur. Même s'il faut être prudent en l'interprétant, on peut affirmer, sans crainte, que l'auteur veut montrer l'arrière-plan et les enjeux de l'histoire de l'humanité et de son combat contre le mal. Lorsqu'on lit le texte, il faut avoir en tête les principales références auxquelles il fait allusion. Si nous ne comprenons pas le texte, c'est bien souvent parce que nous ne savons pas décrypter ces allusions : c'est un peu comme si on voulait comprendre un texte contemporain qui dirait « Vous chantiez ? Et bien dansez maintenant ! » sans savoir qu'il s'agit d'une citation de La Fontaine.

Dans ce texte, les références sont triples :

– L'affrontement d'Ève et du serpent auquel le dragon est identifié (12, 9) reprend la prophétie de la Genèse : « Je mettrai l'hostilité entre toi et la femme » (Gn 3, 15). La victoire d'Ève est ici attribuée au respect du don de Dieu, nourriture par excellence : c'est bien parce qu'elle accepte d'être nourrie par Dieu et non qu'elle tente d'accaparer le fruit, qu'Ève gagne.

– La sortie d'Égypte identifie également la femme au

peuple de Dieu fuyant dans le désert ce nouveau Pharaon qu'est le Dragon. Comme les Fils d'Israël, elle survit grâce à une manne donnée par Dieu (Ap 12, 6-4 = Ex 16 et Ex 19, 4). Le chant des vainqueurs est celui des Hébreux après le passage de la mer Rouge.

– La naissance du monde nouveau reprend l'image de nombreux textes de l'Ancien Testament (Ps 2 ; Is 66, 7-8 ; Mi 4, 10 ; Dn 7, 8)qui comparent la victoire du Messie et l'avènement du monde nouveau comme un enfantement.

Forts de ces références, nous lisons plus facilement ce texte. Il est constitué d'une introduction, qui met en place les personnages, et d'un récit, qui relate les trois assauts du Dragon contre les bien-aimés de Dieu : l'assaut au ciel qui se solde par la retombée du Dragon sur terre et le salut de l'Enfant ; le premier assaut sur terre dont la femme réchappe ; le second assaut sur terre dont la descendance de la femme réchappe.

Le texte décrit la victoire de Dieu sur Satan et sur le mal. À l'origine, Satan, l'accusateur, désignait le péché de l'homme à Dieu (Jb 1, 9-11) et rendait ainsi impossible l'Alliance entre Dieu et l'homme.

Mais depuis la croix du Christ, les choses ont changé : nulle accusation de l'homme ne peut plus atteindre Dieu ; Jésus échappe à Satan et fait échapper toute l'humanité à son emprise. Satan avait, avant le Christ, pouvoir sur les hommes, son action « dans le ciel » était de l'ordre du définitif ; depuis le Christ, il n'a plus de pouvoir d'action que sur la terre, sur le monde qui passe, qui doit, pour un temps encore, connaître le combat spirituel.

Qui est la femme du chapitre 12 ? Il s'agit bien entendu du peuple de Dieu : peuple d'Israël jusqu'au verset 12, puis Église ensuite. Il est à la fois céleste et terrestre, saint et pécheur, sauvé et combattant.

Or, en rapprochant ce texte de ce que l'on sait du rôle de la « Femme » dans les écrits de Jean, il faut poursuivre l'analogie :

– Comme on l'a vu en Jean 16, 21, le Christ parle de sa Passion et de sa résurrection comme d'un accouchement : que peut-être la naissance décrite dans le texte, sinon la résurrection du Christ engendrée dans les douleurs de la Passion ?

– Comme on l'a dit, Marie est la perle du peuple juif, celle qui a enfanté le Christ et l'accompagne dans son combat. N'est-elle pas cette icône parfaite du peuple de Dieu, cette *Femme* ? C'est le sens qu'a retenu la liturgie de l'Église qui fait lire ce texte lors de la fête de l'Assomption, le 15 août : Marie, vivant au pied de la croix la Passion, la mort et la résurrection de son fils en union de cœur avec lui, devient le vivant symbole de la communauté croyante. Elle est déjà associée à la victoire de son fils et peut se rapprocher de cette femme couronnée du verset 1 : sa couronne, c'est la gloire de son fils, victorieux du Dragon.

MARIE CHEZ LES APOCRYPHES

Les évangiles ne sont qu'une partie de l'abondante littérature consacrée par les premiers chrétiens à Jésus, à Marie et aux Apôtres. L'Église, dans ses premiers temps, produisit de nombreux témoignages au cours des événements et des débats qui la fondèrent. Elle eut cependant à choisir entre les textes qui exprimaient parfaitement sa foi et ceux qui la traduisaient imparfaitement. Au terme d'un long travail, elle donna à ces derniers le nom d'apocryphes. La plupart de ces textes sont faussement attribués aux Apôtres ou contiennent des erreurs doctrinales ou tout simplement n'ont pas été jugés suffisamment significatifs pour être lus dans les assemblées de chrétiens.

Marie tient une place extrêmement importante dans la littérature apocryphe. La plupart du temps, lorsqu'il s'agit de la mère de Jésus, ses auteurs cherchent à « remplir les blancs » du texte évangélique : qu'a fait Marie avant ou après la mort de Jésus ? comment, dans le détail, s'est opérée la conception de Jésus ? que dire de Gabriel ? Ce qui fascine souvent les apocryphes est le mystère de la venue de Dieu dans l'épaisseur humaine.

En les mentionnant ici, il ne s'agit ni de les cautionner, ni de les condamner, mais simplement de les reconnaître comme la source de bien des éléments que l'on retrouve dans la liturgie, l'iconographie ou les « petites vies » de Marie [1].

La vie de Marie avant la naissance du Christ

Écrire la vie de Marie avant la naissance du Christ ne procède pas, à l'origine, d'une curiosité mal placée : la première fois, à notre connaissance, que cela a été fait, il s'agissait avant tout de réagir contre un ouvrage écrit en 178 par un païen, Celse (que nous connaissons par le *Contre Celse* d'Origène), qui voyait en Marie une pauvresse abusée par un soldat romain, Panthère ; chassée par son mari, elle aurait donné naissance à son fils au détour d'un chemin et aurait inventé l'histoire de la virginité pour expliquer l'existence de cet enfant.

Aussi ces textes apocryphes décrivent-ils Marie comme une enfant d'une pureté extraordinaire, une femme d'un milieu aisé, experte en tissage ; Marie, affirment-ils, est restée vierge avant, pendant et après son accouchement. Joseph, quant à lui, était un vieillard, veuf, qui avait eu de son premier mariage des enfants, ceux que l'on nomme les « frères de Jésus ».

Principal de ces ouvrages apologétiques, le *Protévangile de Jacques* date du IIe siècle. Il connut une vogue considérable jusqu'à sa condamnation dans l'Église latine au VIe siècle par le pape Gélase. Il fut remplacé par des versions légèrement modifiées comme l'*Évangile du Pseudo-Matthieu* (VIIe s.) ou le *Livre de la Nativité de Marie* (IXe s.), placées (faussement) sous l'autorité de saint Jérôme.

De nombreux traits qui sembleront familiers au lecteur se trouvent dans ces livres : le nom des parents de Marie,

Joachim et Anne (ProtJc 1, 1 et 2, 1 ; Ps-Mt 1, 1) ; la double annonciation à Anne (ProtJc 4, 1 ; Ps-Mt 2, 2-4 ; NativMarie 4) et à Joachim (ProtJc 4, 2-3 ; Ps-Mt 3, 1-4 ; NativMarie 3) ; la Présentation de Marie au Temple (qui devient une fête de la liturgie catholique : ProtJc 7, 2-3 ; Ps-Mt 4 ; NativMarie 6) ; la désignation de Joseph comme époux de Marie par la descente d'une colombe (ProtJc 9, 1 ; Ps-Mt 8, 3) ou par la floraison d'un bâton sec (NativMarie 8) ; la représentation de Marie filant la laine (ProtJc 10, 1-2) ; la naissance de Jésus dans une grotte (ProtJc 18, 1 ; Ps-Mt 13, 2) ; la présence d'une sage-femme, aux côtés de Marie, qui vérifie sa virginité (ProtJc 19, 2-20, 4 ; Ps-Mt 13, 4-7) ; le meurtre de Zacharie (ProtJc 24, 1-4).

Un des éléments culturels les plus importants de toute la représentation de la Nativité, un élément tellement évident qu'on ne peut pas imaginer nos crèches de Noël sans lui, ne se trouve que dans un apocryphe : la présence du bœuf et de l'âne autour d'une mangeoire. Il est issu en fait de l'*Évangile du Pseudo-Matthieu* :

> *Or, deux jours après la naissance du Seigneur, Marie quitta la grotte, entra dans une étable et déposa l'enfant dans une crèche, et le bœuf et l'âne, fléchissant les genoux, adorèrent celui-ci. Alors furent accomplies les paroles du prophète Isaïe disant « Le bœuf a connu son propriétaire, et l'âne la crèche de son maître*[2] *», et ces animaux, tout en l'entourant, l'adoraient sans cesse. Alors furent accomplies les paroles du prophète Habaquq disant : « Tu te manifesteras au milieu de deux animaux*[3]*. » Et Joseph et*

Marie, avec l'enfant, demeurèrent au même endroit pendant trois jours.

Évangile du Pseudo-Matthieu, 14

La présence de ces deux animaux, on le voit, n'a rien de gratuit : elle vient confirmer les prophéties d'Israël.

La confirmation de la virginité de Marie

Très tôt, dès le IIe siècle, de nombreux témoignages apocryphes viennent confirmer la croyance en la virginité de Marie.

Les Odes de Salomon sont 42 hymnes en syriaque composées comme des psaumes de l'Ancien Testament. Elles figurent parmi les premiers textes chrétiens, et ont été sans doute écrites avant l'achèvement de la rédaction du Nouveau Testament. Ces poèmes mystérieux sont des textes à clefs ; l'Ode 19 est assurément le premier poème chrétien sur Marie.

Une coupe de lait me fut offerte,
Je la bus en suavité de douceur du Seigneur.
Le Fils est la coupe ;
L'allaitant, ce fut le Père ;
Qui s'y allaita, l'Esprit de Sainteté.

Puisque ses seins étaient pleins,
Point ne fallait qu'à la manque son lait fut versé.
L'Esprit de Sainteté s'ouvrit le flanc,

Mêla le lait des deux seins du Père.
Il donna le mixte au monde
Alors méconnaissant,
Ceux-là reçoivent en plénitude
Qui sont à la Droite.

Le Ventre de la Vierge étreignit,
Matrice reçut, elle engendra.
La Vierge fut mère en tant de tendresses,
Elle fut en gésine, elle engendra un fils.
Elle ne souffrit pas,
Puisque ce n'était pas à la manque.
Point ne lui fallut d'accoucheuse,
Puisqu'il la vivifiait.

Comme un mâle, elle engendra en agrément,
Elle engendra en exemple.
Elle acquit à tant d'empoigne,
Chérit en salut.
Elle garda en douceur,
Monta en majesté.
Alléluia.

L'Ascension d'Isaïe, écrit au IIe siècle, n'a jamais été reçu dans l'Église et s'appuie probablement sur des textes de la littérature juive de l'époque pour faire une lecture des persécutions dont les premiers chrétiens sont les victimes. Le chapitre II raconte la naissance de Jésus et l'aveuglement de ceux qui entouraient la Vierge : « Elle n'a pas enfanté, et il n'est pas monté de sage-femme et nous n'avons pas entendu de cri de douleurs. Et ils étaient tous aveugles au sujet de l'enfant » (AscIs 11, 14).

L'Épître des Apôtres, datant de 160-170, contient une profession de foi en la naissance virginale de Jésus : « Dieu, le Seigneur, le Fils de Dieu, nous croyons qu'il est la parole qui devint la chair de Marie, la Sainte Vierge en ses souffrances, conçue du Saint Esprit » (ÉpAp 3).

Les Actes de Pierre, écrits dans le courant du IIe siècle, mettent en scène Pierre faisant une profession de foi au Christ « manifesté par la Vierge Marie » (AcP 7).

La vie de Marie après la mort de Jésus

Quelle est la vie de la Vierge après la mort de son fils ? Luc la fait apparaître fugitivement au Cénacle, tandis que Jean nous affirme qu'elle fut confiée au disciple bien-aimé. Un ensemble très connu des premiers chrétiens, le *Transitus Mariæ* (en français, le « passage de Marie ») cherchait à reconstruire les derniers moments de Marie. *La Dormition du Pseudo-Jean*, écrit probablement vers le VIe siècle, explique comment Marie, morte et enterrée, est transportée au paradis après trois jours. Il convient d'en citer quelques extraits tant son importance fut grande pour l'iconographie mariale (en particulier dans les icônes byzantines).

L'histoire que raconte *La Dormition du Pseudo-Jean* est la suivante : un jour, ayant prié près du tombeau de son fils, Marie bénéficie d'une apparition de l'ange Gabriel qui lui annonce sa mort prochaine. Les Apôtres sont alors réunis à Jérusalem par le Saint-Esprit. Ils se rassemblent en allumant des cierges autour de Marie, à qui apparaît le Christ. Ils prient ensemble.

> *Alors le Seigneur se tournant vers Pierre lui dit :* « Le moment est venu d'entonner l'hymne. » *Quand Pierre entonna l'hymne, toutes les puissances des cieux répondirent par l'Alléluia. Alors, le visage de la mère du Seigneur brilla plus que la lumière. Et, se levant, elle bénit de sa propre main chacun des apôtres. Et tous glorifièrent Dieu. Le Seigneur, étendant ses mains pures, reçut son âme sainte et irréprochable.*
>
> *La Dormition de Marie*, 44

Dans les icônes orthodoxes, ce détail est très souvent figuré : on y voit Marie entourée des Apôtres, on y voit son fils, au-dessus d'elle, qui reçoit son âme représentée comme une réplique réduite de son corps ou comme un nourrisson. Le Pseudo-Jean poursuit par l'enterrement de la Vierge :

> *Les Apôtres portèrent la bière et déposèrent le précieux et saint corps à Gethsémani dans un tombeau neuf. Et voici qu'un parfum délicat se dégageait du saint tombeau de notre Maîtresse, la Mère de Dieu. Et pendant trois jours, on entendit des voix d'anges invisibles qui glorifiaient le Christ, notre Dieu, né d'elle. Et, le troisième*

jour achevé, on n'entendit plus les voix. Dès lors, nous sûmes tous que son corps irréprochable et précieux avait été transféré au paradis.

La Dormition de Marie, 48

L'auteur de *La Dormition de Marie* a préféré représenter une « assomption » en deux temps : d'abord la montée de l'âme de Marie dans les bras de Jésus puis la disparition de son corps qui ne se décompose pas puisqu'il est en odeur de sainteté. L'Église ne retiendra pas ce double épisode : dans des formulations ultérieures, elle définira l'Assomption comme l'enlèvement de Marie, corps et âme, ou plus exactement personne entière.

CHAPITRE III

Marie, mère de Dieu
les enjeux théologiques

Si la figure évangélique de Marie parle à chacun et que personne ne conteste la beauté de son rôle de mère et de son attitude à la Croix, la théologie mariale catholique pose pourtant des problèmes à bien des non-catholiques, et, il faut le dire, quelquefois même à des catholiques. Marie n'est-elle pas une pierre d'achoppement dans les relations entre catholiques et protestants ? Sa virginité perpétuelle n'est-elle pas un défi au bon sens et à la raison ? Son assomption n'en fait-elle pas la quatrième personne d'une hérétique Trinité ? Et que dire de sa conception immaculée : à quoi sert-il d'affirmer que Marie a été « conçue sans péché » ?

N'allons pas balayer ces questions d'un revers de manche ! Elles sont légitimes, car elles témoignent de la difficulté de tout homme qui réfléchit sur sa foi, mais également elles trahissent l'insuffisance de la réflexion de nombre de catholiques sur Marie. À trop vouloir prouver, à trop vouloir faire croire, elles ont transformé la Vierge en une sorte de « monstre » théologique qui perturbe la compréhension, et paradoxalement, ne donne pas à Marie sa véritable place.

POURQUOI L'ÉGLISE AFFIRME-T-ELLE QUE MARIE EST LA « MÈRE DE DIEU » ?

La première formulation théologique à propos de Marie date de 431 : le concile d'Éphèse déclara en effet solennellement que Marie était la *Theotokos*, « celle-qui-porte-Dieu ». Non la mère de Jésus, mais bien la Mère de Dieu. Jean d'Antioche rédigea en ces termes sa formule d'union : « Nous affirmons un Christ, un Fils, un Seigneur. En raison de cette union sans confusion, nous confessons la Sainte Vierge "Mère de Dieu", parce que le Dieu Verbe s'est incarné et s'est fait homme, et que, dès l'instant de sa conception, il s'est uni au temple qu'il avait pris d'elle. Les paroles des évangiles et des Apôtres, nous savons que les théologiens les ont tenues pour communes comme dites d'une seule personne, tantôt séparées, comme dites de deux natures, les unes convenant à Dieu, selon la divinité du Christ, les autres humbles selon l'humanité. »

Quel est l'enjeu pour les chrétiens, de proclamer Marie Mère de Dieu ? Comment comprendre cette difficile expression ? La formule de Jean d'Antioche l'affirme pleinement : paradoxalement, ce dogme ne concerne pas d'abord Marie, mais Jésus le Christ, et ensuite tous les hommes. Dire que Marie est mère de Dieu, c'est affirmer l'unité de la personne du Christ, à la fois homme et Dieu.

Le contexte de la proclamation de la Theotokos

L'affirmation du dogme de la *Theotokos* intervient dans un contexte très troublé. À la fin du IVe siècle, Théodore de Mopsueste († 428) s'élève contre la tradition qui voulait que le Verbe habite l'humanité de Jésus comme dans un temple. Son disciple Nestorius, devenu patriarche de Constantinople, poursuit sa doctrine : il affirme que Dieu s'est servi d'un homme parfait comme d'un instrument, l'a conduit à la mort, et l'a élevé au ciel pour le placer à la droite du Père. Marie ne saurait être appelée Mère de Dieu (*Theotokos*) mais seulement mère de l'homme devenu Messie (*christotokos*). Bientôt, la guerre s'allume entre deux partis : celui de Nestorius, patriarche de Constantinople et celui dont saint Cyrille († 444), patriarche d'Alexandrie, pris la tête. Emporté par la controverse, saint Cyrille employa des méthodes et des expressions « fortes » et s'aliéna Jean, patriarche d'Antioche, et Théodoret, évêque de Cyr. Finalement, Cyrille demanda à l'empereur Théodose II (408-450) de réunir un concile œcuménique à Éphèse (431). Au cours de la première session, les évêques déposèrent Nestorius et proclamèrent que Marie était bien « Mère de Dieu », mais peu après, Jean d'Antioche tint un contre-synode et déposa Cyrille. Théodose II confirma les deux synodes (*sic*) et tenta une conciliation. Finalement, en 433, on arriva à un accord : saint Cyrille signa un Symbole orthodoxe formulé par Jean et celui-ci acquiesça en retour à la déposition de Nestorius. Les nestoriens se retirèrent en Perse puis en Asie.

Nestorius († 451), patriarche de Constantinople (le plus important personnage ecclésiastique de l'époque), reprenait une hérésie déjà ancienne dans l'Église en contestant l'unité de la personne du Christ. Il distinguait dans le Christ un « côté » humain et corporel et un « côté » divin. Il exigeait par conséquent que l'on nomme Marie « Mère du Christ » et non « Mère de Dieu ». Selon lui (et surtout ses disciples, moins prudents), il y aurait deux « engendrements » : un engendrement accompli par Dieu, l'engendrement du Christ, et un engendrement humain accompli par Marie.

Ces anciens avaient du mal à penser la profonde unité de l'homme qui est à la fois corporel et spirituel, comme nous le faisons aujourd'hui pour comprendre les maladies psychosomatiques. Ils avaient, *a fortiori*, du mal à comprendre l'unité du Christ. Beaucoup, aujourd'hui, pensent encore comme ces anciens et n'arrivent pas à comprendre ce que les chrétiens disent sur l'homme. Si l'homme est unifié, si l'homme est tout autant un être spirituel que corporel, aucun acte humain n'est sans signification spirituelle... Aussi choquant ou surprenant que cela puisse paraître pour nombre de nos contemporains, manger, faire l'amour sont aussi des actes spirituels.

En déclarant Marie « Mère de Dieu », le concile d'Éphèse affirma ainsi cette absolue unité de la personne du Christ. Saint Cyrille d'Alexandrie, lorsqu'il écrit la formule d'anathème contre Nestorius et ses partisans, subordonne parfaitement le dogme de la maternité divine à celui de l'unique nature du Christ : « Si quelqu'un ne confesse pas que l'Emmanuel est véritablement Dieu, et par conséquent que la Sainte Vierge est la Mère de Dieu [*Theotokos*] puisqu'elle porta dans sa chair le Verbe de Dieu fait chair (comme il est écrit "Et le Verbe s'est fait chair") : qu'il soit anathème ! »

Pour Cyrille, le dogme de la *Theotokos* concerne davantage le Christ que sa mère car il n'est que la conséquence de deux affirmations christologiques : le Christ-Emmanuel est Dieu ; l'enfant de Marie est le « Verbe fait chair », le Dieu fait homme. Marie n'est donc pas mère de la divinité, mais mère d'un fils qui est Dieu, non pas mère d'un homme qui deviendrait Dieu, mais d'un homme qui est Dieu en personne dès sa conception. Le fils de Dieu le Père et le fils de Marie ne sont pas deux fils mais un seul et même fils, la deuxième personne de la Trinité.

Affirmer que Marie est la Mère de Dieu n'est rien d'autre qu'affirmer : Jésus-Christ est Dieu.

> *Mais, dira-t-on : « La Vierge est-elle donc mère de la divinité ? » À quoi nous répondons : le Verbe vivant, subsistant, a été engendré de la substance même de Dieu le Père, il existe de toute éternité, conjointement avec celui qui l'a engendré, il est en lui, avec lui. Mais dans la suite des temps, il s'est fait chair, c'est-à-dire s'est uni une chair*

*possédant une âme raisonnable, dès lors on peut dire qu'il est né de la femme, selon la chair. Ce mystère d'ailleurs a quelque analogie avec notre génération même. Sur la terre en effet les mères, d'après les lois mêmes de la nature, portent dans leur sein un fruit qui, obéissant aux mystérieuses énergies déposées par Dieu, évolue et finalement se développe en forme humaine ; mais c'est Dieu qui dans ce petit corps met une âme de la manière que lui seul connaît. « C'est Dieu qui façonne l'âme de l'homme », dit le prophète. Or autre chose est la chair, autre chose est l'âme. Pourtant bien que les mères aient produit le corps seulement, on ne laisse pas de dire qu'elles ont mis au monde l'être vivant, corps et âme, et non point seulement une de ses parties. Nul ne dirait par exemple qu'Élisabeth est la mère de la chair (*sarkotokos*), qu'elle n'est pas la mère de l'âme (*psychotokos*) ; car elle a mis au monde Jean-Baptiste, avec son corps et son âme, cette personne unique, l'homme composé de corps et d'âme. C'est quelque chose de semblable qui se passe à la naissance de l'Emmanuel. Il a été engendré, avons-nous dit, de la substance du Père, étant son Verbe, son Fils unique ; mais quand il a pris chair, et qu'il s'est fait Fils de l'homme, il n'y a, ce me semble, aucune absurdité à dire, et bien plutôt il est nécessaire de confesser, qu'il est né de la femme selon la chair. Exactement comme l'on dit que l'âme de l'homme naît en même temps que son corps, et ne fait qu'un avec lui, bien qu'elle en diffère complètement quant à la nature.*

Saint Cyrille d'Alexandrie, *Lettre I*

Comprendre la Mère de Dieu

Qu'apporte le dogme de la *Theotokos* à notre compréhension de Marie ? À vrai dire, ce dogme est fondamental : tous les autres dogmes mariaux en dérivent ; il contient en germe tous les développements ultérieurs de la théologie. La maternité de Marie, comme toute maternité, n'est pas seulement une mise au monde matérielle, mais un acte spirituel qui implique tout l'être de celle qui met au monde.

En accueillant en elle la présence de Dieu, Marie devient en quelque sorte le Temple de Dieu. Comme tout temple, elle doit être pure et a été préparée pour être préservée de tout ce qui n'est pas Dieu, le péché. Plus profondément, en recevant Dieu en elle, Marie est purifiée de l'intérieur. Comme l'eucharistie purifie celui qui la reçoit, l'incarnation du Christ en Marie la purifie suprêmement. Ainsi prend source la volonté de l'Église de définir la pureté de Marie : sa virginité, tout d'abord, son immaculée conception, ensuite, son Assomption, enfin.

En donnant naissance à Dieu, Marie rend sa dignité à l'humanité : l'homme est élevé par Dieu au point d'engendrer son Fils unique. Par son acceptation du plan divin, Marie exalte notre condition humaine : comment pourrait-on dire que la vie humaine ne vaut rien quand nous savons que nous faisons partie de l'espèce qui a engendré Dieu ? Bien entendu, puisque nous sommes libres, rien ne nous est acquis pour autant, et c'est à nous d'agir en conformité avec l'extraordinaire confiance que Dieu nous fait. Cependant, depuis Marie, les cartes sont redistribuées : nous savons que la distance qui nous sépare de Dieu, le péché originel, peut être comblée.

S'il est légitime d'insister davantage sur la seconde partie de l'expression (Mère de Dieu) comme l'on fait les Pères du concile d'Éphèse, il faut aussi tenir compte de la maternité de Marie. Si le fils de Marie est Dieu, il n'en reste pas moins son fils : des rapports d'affection, de proximité, se nouent entre mère et enfant. Certains pourraient même penser que jamais un enfant n'a été aussi proche de sa mère, dans la mesure où tous ses gènes ne proviennent que d'elle. Il est vrai que Marie est le seul parent humain (au sens biologique) de Jésus. Cette proximité exceptionnelle a dû rendre difficile la mise au monde psychologique. Ce rapport particulier fait de Marie une femme un peu spéciale : plus que tout autre, elle a « l'oreille » de Dieu.

Enfin, si Marie est digne d'engendrer Dieu, elle n'en est pas moins une de ses créatures. Or si Jésus est le Dieu Sauveur, Marie est la première des rachetée. Ainsi devient-elle, en quelque sorte, la première des chrétiennes. Aussi peut-on légitimement la nommer « Mère de l'Église ».

Vraiment, « Mère de Dieu » est le plus beau nom que l'on puisse donner à Marie. Luther l'avait bien compris, qui affirmait que le seul titre de Marie était celui-là :

Mère de Dieu est une manière de la nommer qui exprime tout ce qui l'honore : personne ne peut lui dire, ou dire d'elle, quelque chose de plus grand, même s'il avait autant de langues qu'il existe de brins d'herbes, d'étoiles dans le ciel et de grains de sable dans la mer. Et notre cœur même doit méditer profondément ce que signifie être Mère de Dieu.

Martin Luther, *Commentaire sur le Magnificat*

Maternité humaine ou maternité divine ?

Après avoir parlé de l'enfant et de sa mère, il convient de parler de la maternité. Que signifie donc, concrètement, être la Mère de Dieu ? La question est en réalité extrêmement difficile : la poser, c'est vouloir s'approcher du mystère divin. Aussi ne nous étonnons pas de ne pas avoir de réponses définitives, mais des comparaisons, des métaphores qui éclairent le chemin.

Avant de se poser la question de la maternité de Marie, repoussons tout d'abord une opinion fausse qui voudrait que la maternité de Marie soit une maternité « divine ». Bien entendu, il n'est pas faux de dire que, par participation, la maternité de Marie est divine, puisqu'elle engendre Dieu : ce qui serait inexact, ce serait de prétendre que la maternité de Marie est une maternité « spéciale », « extraordinaire ». Marie n'engendre pas Jésus d'une autre manière que les autres femmes, elle n'a pas bénéficiée d'un nouveau mode de génération.

Cela posé, que dira-t-on de la maternité de la Vierge ? Pour l'exprimer, les théologiens, à la suite des évangélistes, ont eu recours à des analogies : analogie de la foi et analogie de l'onction.

Marie engendre le Christ par *la foi.* La maternité de Marie, nous l'avons dit, comme toute autre maternité, n'est pas seulement une mise au monde matériel, mais un acte spirituel, qui implique tout l'être de celle qui met au monde. En insistant sur le oui de Marie à l'Annonciation, l'évangéliste Luc souligne l'importance de cette acceptation première qui rend possible l'Incarnation.

Marie engendre le Christ par *l'Esprit.* « L'Esprit Saint viendra sur toi » dit l'ange (Lc 1, 35). Comme une onction royale qui donne à la personne consacrée un pouvoir particulier, la venue de l'Esprit sur Marie exprime le caractère indélébile de la grâce qui atteint Marie. Comme un baptême, Marie est consacrée par l'Esprit à Dieu.

Pourquoi les catholiques aiment-ils parler de la « Vierge » Marie ?

> *L'approfondissement de sa foi en la maternité virginale a conduit l'Église à confesser la virginité réelle et perpétuelle de Marie même dans l'enfantement du Fils de Dieu fait homme.*
>
> *Catéchisme de l'Église Catholique,* n° 499

Un certain nombre de théologiens, même catholiques, accueillent la tradition chrétienne de la virginité de Marie, tout en affirmant que ce « fait » n'a pas de véritable signification. Même en admettant tout ce que dit la tradition, ils rejoignent ainsi la cohorte de ceux qui pensent que cette virginité ne peut pas être admise par un esprit scientifique moderne. Faut-il donc abandonner la croyance en la virginité de Marie ?

Le sens de la conception virginale

Une chose est certaine : la virginité de Marie ne prend sens qu'au sein d'une perspective croyante. La conception virginale de Jésus est un des signes sur lequel s'appuie la foi du chrétien pour affirmer que Dieu agit dans notre histoire. La création – ou la nouvelle création par l'Esprit – est toujours une actualité qui n'est pas seulement spirituelle, mais qui aboutit à la transformation du monde.

Que nous dit en effet la virginité de Marie ?

– Elle fait de Marie l'héritière de la promesse initiée par Isaïe et que la foi d'Israël a entendu ainsi : « C'est pourquoi le Seigneur lui-même vous donnera un signe : Voici, la vierge est enceinte, elle va enfanter un fils et elle lui donnera le nom d'Emmanuel » (Is 7, 14). La virginité de Marie est avant tout le signe que Jésus est le Messie.

– Elle inscrit Marie dans la lignée des femmes stériles devenant mères et, au premier chef, de Sara, la mère de la descendance d'Abraham, notre père dans la foi. En donnant un enfant à celles qui ne peuvent normalement pas en avoir, le Dieu qui peut tout laisse éclater sa force et sa magnificence. Et c'est dans l'abandon et la confiance que se déploie la gloire de Dieu. Ici, toutefois, cet abandon et cette confiance ne résulte pas de la souffrance d'une blessure inexorable, mais d'une pauvreté réellement acceptée et voulue. Par sa virginité, Marie manifeste son accueil à l'Esprit créateur et à la capacité qu'il lui accorde de mettre Dieu au monde.

– Elle est une annonce de la Résurrection dès la Nativité. Le Christ est véritablement homme : il naît, vit et meurt comme un homme. Mais sa naissance, comme sa résurrection, sont « extraordinaires ». Elles sont des signes offerts au croyant de sa filiation divine. Le théologien protestant Karl Barth ne dit rien d'autre lorsqu'il insiste sur la pure liberté de cette naissance : « L'homme Jésus-Christ n'a pas de père. Sa conception ne relève pas de la loi commune. Son existence commence avec la libre décision de Dieu lui-même, elle procède de la liberté qui caractérise l'unité du Père et du Fils liés par l'amour, c'est-à-dire le Saint-Esprit » (*Esquisse d'une dogmatique*).

Marie toujours Vierge

L'approfondissement de sa foi en la maternité virginale a conduit l'Église à confesser la virginité réelle et perpétuelle de Marie, jusque dans l'enfantement du Fils de Dieu fait homme. En effet, l'Église professe que la naissance du Christ « n'a pas diminué, mais consacré l'intégrité virginale » de sa mère. La liturgie de l'Église célèbre Marie comme l'*aei parthenos*, la « toujours vierge ».

À cela, on objecte parfois que l'Écriture mentionne des frères et des sœurs de Jésus. Un journaliste a récemment repris cette opinion :

Il paraît probable – même si cette probabilité peut choquer – que Jésus ait eu des frères et sœurs, que vrai homme, il ait appartenu à une vraie famille nombreuse, comme elles l'étaient alors, et qu'il fut le fils d'une femme, alors que toute une littérature fait de Marie, non seulement une vierge perpétuelle, mais une créature éthérée.

Jacques Duquesne, *Jésus*

L'Église a toujours compris ces passages[4] comme ne désignant pas d'autres enfants de la Vierge Marie mais des proches parents de Jésus, selon une expression connue de l'Ancien Testament et que l'on trouve, par exemple, en Gn 13, 8 ; 14, 16 ; 29, 15 ; etc.

Le Groupe des Dombes, groupe œcuménique de réflexion entre catholiques et protestants, a exprimé avec nuance cette croyance en la virginité perpétuelle de Marie :

L'étonnement, pour ne pas dire le scandale, de certains chrétiens, catholiques et orthodoxes, lorsque l'on donne ainsi, au sens strict, des frères et sœurs à Jésus, vient de leur conviction de foi en la virginité perpétuelle de Marie. C'est une atteinte faite à leur théologie mariale et non à la christologie. Car, selon une conviction chère à l'orthodoxie et au catholicisme romain, si Jésus, en dépassant le clan familial auquel il s'est heurté (Mt 12, 46-50 ; Mc 3, 31-35 ; Lc 8, 19-21) a fait de nous tous ses frères et sœurs, un « saint raisonnement sur Marie » (Origène) demande qu'elle ait renoncé à toute relation charnelle pour être uniquement la mère de son fils Jésus.

Groupe des Dombes, *Marie II, Controverse et Conversion*

Cette conviction, qui n'a jamais varié dans l'Église – la virginité perpétuelle de Marie paraît être une conviction beaucoup plus ferme que celle même de sa sainteté – trouve dans le Coran un soutien sans faille :

Les anges dirent : « Ô Marie ! Dieu t'a choisie, en vérité ; il t'a purifiée ; il t'a choisie de préférence à toutes les femmes de l'univers. Ô Marie ! sois pieuse envers ton Seigneur ; prosterne-toi et incline-toi avec ceux qui s'inclinent. »
Les anges dirent : « Ô Marie ! Dieu t'annonce la bonne nouvelle d'un Verbe émanant de lui : son Nom est Le Messie, Jésus, fils de Marie, illustre en ce monde et dans la vie future ; il est nombre de ceux qui sont proches de Dieu. Dès le berceau, il parlera aux hommes comme un vieillard ; il sera au nombre des justes. »
Elle dit : « Mon Seigneur ! Comment aurais-je un fils ? Nul homme ne m'a jamais touchée. »
Il dit : « Dieu crée ainsi qu'il veut ; lorsqu'il a décrété une chose, il lui dit "soit !"... et elle est. »

Le Coran, 3e sourate

La virginité de Marie au cours de l'histoire

Le *Protévangile de Jacques*, livre non reconnu dans l'Église mais qui essaie d'expliquer et justifier ce que les chrétiens croyaient à la fin du IIe siècle, propose comme solution à l'énigme des « frères » de Jésus l'existence d'un premier mariage de Joseph qui aurait eu, avant de connaître Marie, des enfants, les demi-frères de Jésus. Saint Jérôme, l'un des grands pourfendeurs de l'authenticité du *Protévangile*, affirme quant à lui que Marie et Joseph sont restés vierges toute leur vie : il fut suivi par l'Église dans ses démonstrations.

Le concile de Nicée (325) reflète une opinion répandue au IVe siècle qui affirmait que la virginité perpétuelle était souhaitable et lui proposait Marie comme modèle. Il est vrai que dans la culture de l'époque, la virginité était peut-être la seule manière de refuser la mainmise familiale sur les femmes et la possibilité d'appartenir à une famille non biologique, l'Église.

Saint Ambroise propose, lui aussi, Marie comme modèle de virginité, mais il insiste surtout sur les liens entre Marie et l'Église, puisque Marie donne naissance aux membres du Christ.

Les réformateurs acceptèrent la virginité de Marie sans la remettre en cause. Même si certains protestants demeurent fidèles à cette façon de voir, la majorité, aujourd'hui, pense que Marie a eu des enfants après la naissance de Jésus. Dans les milieux protestants, quand la virginité perpétuelle est acceptée, elle reçoit deux significations : il s'agit d'une consécration particulière de Marie, femme, mère et figure de l'Église ; il s'agit de la pleine capacité d'une personne humaine à être le Temple de l'Esprit saint. C'est la vocation de tout être humain que Marie réalise pleinement et parfaitement.

La Vierge et le buisson ardent :
la pureté virginale de Marie dans l'art

Le thème du buisson ardent est très fréquent dans l'iconographie de la Vierge Marie. Ce vieux poème explique pourquoi.

Le buisson jadis ardoit
Mais d'ardour point ne bruloit
Ni ne perd sa verdure.
Ainsi sans humain attouchement
Par ardour spirituellement
Dieu fut né de la Vierge pure.

La plus célèbre représentation de la Vierge au buisson ardent se trouve au monastère Sainte-Catherine, au pied du mont Horeb.

En France, c'est l'école du monastère parisien Saint-Victor qui en propagea l'idée. Et celle-ci fut reprise un peu partout, de la cathédrale de Langres à l'hôpital de Tonnerre, de Notre-Dame-de-l'Épine, près de Chalons-en-Champagne, à Aix-en-Provence. Le plus célèbre triptyque de la Vierge au buisson est probablement celui commandé par le duc d'Anjou à Nicolas Froment pour la cathédrale d'Aix : Moïse y contemple Marie tirant sur un bouquet d'églantiers, Jésus sur les genoux de sa mère y porte un miroir sans défaut, autre symbole de Marie.

L'Immaculée Conception

Les évangélistes rapportent que, parmi les ancêtres du Christ, comme probablement dans la plupart des familles, se succédaient des hommes et des femmes de grandes ou de petites vertus. Au fond, Jésus aurait pu naître d'une femme de petite vertu ! Ainsi circulait, au tout début de l'Église, l'hypothèse qu'il était né de la rencontre de Marie et d'un soldat romain. Or, les catholiques croient que Marie est née sans péché et qu'elle n'a jamais péché. Dogme récent et dogme très contesté, l'Immaculée Conception a fait l'objet de très vives controverses. Que veut donc dire que la Vierge est née « sans péché » ?

L'Immaculée Conception sous le feu de la contestation

Depuis sa proclamation par le pape Pie IX en 1854, le dogme de l'Immaculée Conception a essuyé une salve de critiques venues des Églises chrétiennes.

Pour les orthodoxes, la définition du dogme de l'Immaculée Conception est une erreur. Seul le Christ est sans péché. Personne, pas même Marie, ne saurait partager avec lui cette situation.

En outre, selon eux, le dogme amoindrit le rôle de la Vierge Marie : ayant reçu la marque du péché originel comme tous les humains, elle seule est demeurée sans péché. La théologie orthodoxe croit fermement que Marie n'a jamais connu le péché et que son acceptation d'être Mère du Sauveur n'est pas seulement le fruit d'un moment de grâce, mais reflète la profondeur de son être totalement tourné vers Dieu. Pour autant, si les orthodoxes ne peuvent croire Marie dispensée du « péché originel », ils la croient dispensée de son influence. D'une certaine manière, ils pensent que la définition du dogme de l'Immaculée Conception nie la faculté de Marie de refuser le péché, et brime en quelque sorte sa liberté fondamentale.

Enfin, les orthodoxes rappellent que la mort est la conséquence du péché originel : Marie est morte (même si elle n'a pas connu la corruption de la chair, ce qui est le sens de la dormition), donc elle a connu le péché originel.

Les protestants, quant à eux, raisonnent à partir d'une vision du monde qui accorde à la grâce et à l'universalité de la condition humaine un poids important :

> *Pour les Églises issues de la Réforme, le don de Dieu à Marie précède assurément le moment du fiat, mais il n'est pas théologiquement nécessaire de remonter, à partir de là, jusqu'à l'affirmation d'une sainteté qui aurait été communiquée à Marie dès sa conception même : outre que l'affirmation n'est pas scripturaire, elle ne fait pas pleinement droit à une juste conception de la grâce divine et de l'œuvre du Christ. Comment en effet Marie aurait-elle été touchée par la grâce si elle n'avait pas fait d'abord l'expérience du péché ? […] La doctrine de l'Immaculée Conception risque toujours d'arracher Marie au commun de la condition humaine.*

Groupe des Dombes, *Marie II, Controverse et Conversion*

Les enjeux de l'Immaculée Conception

Les arguments précédents paraissent convaincants et, en les rappelant, on peut s'étonner que l'Église catholique ait voulu définir l'Immaculée Conception comme un dogme. À vrai dire, tout est question d'options fondamentales et de différences d'accent. Les orthodoxes insistent davantage sur la sainteté du Christ et la sainteté de Marie, les protestants sur l'importance de la grâce et sur l'universalité de la condition humaine, les catholiques privilégient la sainteté de Dieu et l'accomplissement de la promesse.

Citons tout d'abord la définition de l'Immaculée Conception promulguée par Pie IX dans la bulle *Ineffabilis* datée du 8 décembre 1854 : « Au premier instant de sa conception, par la grâce et le privilège de Dieu tout-puissant, et en considération des mérites de Jésus-Christ Sauveur du genre humain, la Vierge Marie fut préservée et exemptée de toute tache de faute originelle. »

Tout l'argument du pape repose sur la toute-puissance divine. Pour Dieu, mille ans sont comme un jour et le temps ne compte pas. L'Immaculée Conception n'est que la conséquence de cette indépendance divine par rapport au temps : Marie est en effet sauvée par anticipation, elle ne connaît pas le péché en bénéficiant par avance de la grâce donnée par le Christ.

Voilà pour la solution théologique du problème. Marie est sauvée en bénéficiant « par avance » de la grâce ! Elle laisse cependant entière la question de la signification et de l'enjeu du débat.

Pour comprendre, il faut rappeler que le péché originel – dont Marie fut protégée par le privilège de l'Immaculée Conception – n'est pas une sorte d'héritage honteux qui se transmet comme une maladie depuis les origines de l'humanité. Le péché originel, c'est ce qui conduit l'homme à se replier sur lui-même (au sens spirituel et non psychologique du terme), à ne pas faire pleinement confiance à Dieu pour l'accueillir et le laisser agir en lui, afin que cette action divine le transforme et le fasse devenir pleinement lui-même, pleinement fils de Dieu.

Marie, en donnant naissance à Dieu, a fait confiance et a accueilli Dieu à un degré suprême : elle ne pouvait le faire que de manière « surnaturelle », c'est-à-dire en étant totalement éloignée de la tentation du repli sur soi. Lequel d'entre nous se sentirait capable d'aller aussi loin sans le soutien de Dieu ?

Ce faisant, Marie devient la personnification de l'absolue confiance en Dieu. Au nihilisme triste de tant de personnes désespérées – ou sans espoir sur l'homme –, l'Immaculée Conception affirme que la confiance totale en réponse à la confiance de Dieu change réellement et concrètement l'avenir de l'humanité.

Le dogme éclaire également un autre aspect de la personne de Marie : celle d'être l'aboutissement de la promesse. L'Immaculée Conception s'inscrit dans la série des gestes de salut de Dieu qui préserve un petit groupe fidèle : son peuple, et au sein de son peuple la lignée d'Abraham, puis la lignée d'Israël, puis ceux qui sont restés fidèles, etc. Marie est la personnification de cette infime proportion du peuple d'Israël, le petit reste qui a gardé confiance en Dieu : elle est la première du nouvel Israël, saint, immaculé, sans tache (Ep 5, 27).

L'Assomption : Marie connaît-elle déjà le bonheur ?

Tu n'es pas seulement, comme Élie,
montée vers le ciel,
Tu n'as pas été, comme Pascal,
Transportée « jusqu'au Troisième ciel »,
Mais tu t'es avancée presqu'au trône royal de ton Fils [lui-même,
Dans la vision directe, dans la joie,
Et, avec une grande et indicible assurance,
Tu te tiens auprès de lui...

Saint Jean Damascène, *Sermon sur la Dormition*

Chacun meurt seul. Qu'il en ait peur ou qu'il demeure serein devant la mort, chacun est résigné à cette solitude. L'Assomption dit autre chose de la mort.

Les dogmes de la *Theotokos* et de l'Assomption de Marie partagent une même caractéristique : ce sont des dogmes qui en disent davantage sur la foi que sur Marie. L'Assomption répond en effet à une interrogation fondamentale de tout chrétien : que se passera-t-il à notre mort ?

L'épître aux Éphésiens affirme que les baptisés sont déjà ressuscités avec le Christ et siègent avec lui au ciel (Ep 2,

6) : le baptême est une véritable « assomption » pour celui qui accepte de le vivre pleinement.

Marie n'a pas connu le baptême, mais elle a accueilli pleinement l'Esprit Saint en elle et a manifesté directement cette confiance dont le baptême est le signe : sa foi l'a fait mourir à elle-même pour vivre totalement avec le Christ. Elle n'a jamais été seule parce qu'elle avait renoncé à son autarcie.

Comme celui de l'Immaculée Conception, le dogme de l'Assomption affirme la toute-puissance de Dieu qui fait entorse à la temporalité pour anticiper en Marie la promesse de salut qu'il fait à tout homme. Comme l'Immaculée Conception, l'Assomption propose aux chrétiens de voir en Marie une image de leur destinée future, mais également un gage de la réalisation de cette promesse.

> *Que signifie ce dogme pour nous ? Dans une situation où certains rendent un véritable culte à la chair, tandis que d'autres l'ont en haine, parce qu'ils se sentent enfermés sans espoir dans des structures et des idéologies de toutes sortes, il ne servirait pas à grand-chose que l'Église proclame seulement des programmes, des principes et des appels. Elle nous offre au contraire en Marie le modèle rayonnant de l'espérance authentiquement chrétienne. C'est une espérance pour l'être humain dans sa totalité. La chair aussi est sauvée. Elle sera délivrée des pesanteurs de la matière terrestre et transfigurée à l'image du Christ en participant à la gloire de Dieu. Cette espérance est digne de foi, parce que Jésus-Christ a été ressuscité des*

morts. Il est le principe et le fondement de notre espérance. En Marie, nous voyons clairement comment cette espérance se réalisera pour chacun d'entre nous, en amenant à sa perfection l'être humain tout entier. En Marie se trouve concrétisée l'espérance de tous les chrétiens.

« La foi de l'Église », *Catéchisme des évêques allemands*

Les orthodoxes – qui ne parlent pas d'assomption mais de dormition de la Vierge – chantent lors de l'office du 15 août : « Le tombeau et la mort furent impuissants à retenir la Mère de Dieu : elle intercède pour nous et demeure notre espérance inébranlable ; le Christ qui a habité son sein virginal a transféré à la vie, la mère de la vie. » Pour eux, Marie prend ainsi déjà part à la divinité de son fils, comme tous les futurs ressuscités le font. Cette doctrine est aussi, mais souvent moins proclamée, celle des catholiques.

Contrairement à ce que l'on croit souvent, le dogme de l'Assomption insiste davantage sur le salut de Marie que sur sa disparition ou sa mort. Le pape Pie XII, en définissant la foi à ce sujet par la constitution *Munificentissimus* du 1er novembre 1950, a été d'une concision extrême : « Au terme de sa vie terrestre, l'Immaculée, Mère de Dieu, Marie toujours Vierge, a été prise au ciel corps et âme dans la gloire céleste. »

Le Pape ne fait que définir la présence actuelle de Marie dans la gloire, et rien de plus. Il ne précise même pas si Marie est morte, si son corps est « monté » ou « descendu », s'il a « disparu ». Le terme employé par Pie XII traduit d'ailleurs cette prudence : *assumpta* signifie « assumer », « prendre avec soi » et non « élever ». Marie a été choisie pour vivre avec Dieu.

Sans mythe, sans iconographie, le dogme de l'Assomption dit simplement que Marie connaît le bonheur de vivre avec Dieu.

> *On a pu, à certains moments, idéaliser tellement Marie qu'elle n'était presque plus une femme. L'Assomption nous invite à corriger cela. Elle nous montre en Marie une vraie femme dont le corps est vivant avec le Christ et à cause du Christ. Marie glorifiée est, à jamais, le symbole du corps de la femme, non plus idolâtré et méprisé, mais respecté parce que créé par Dieu, sauvé par le Christ, appelé à la transfiguration par l'Esprit Saint. Elle est le rappel vivant que le corps n'est pas une chose, mais la face de personne humaine tournée vers le monde, vers les autres, vers Dieu, qu'il est comme le sacrement du mystère intime de la personne, une dimension de la personne appelée à ressusciter avec le Christ.*
>
> Mgr Raymond Bouchex, archevêque d'Avignon

MARIE MÉDIATRICE

La Vierge Marie a parfois reçu, dans l'Église catholique, le titre de « médiatrice de toutes grâces » ; elle le doit à la place éminente tenue par elle dans l'accomplissement du mystère de Dieu s'incarnant en Jésus-Christ, et par là, dans l'histoire du salut de l'humanité. Sa vie dans l'étroite proximité de Jésus, la part prise par elle dans le drame de la

Passion, la déclaration du Christ sur la croix la désignant comme mère à ses disciples en la personne de Jean confirment son intime participation à l'œuvre de son Fils (déjà entrevue de manière prophétique par le vieillard Syméon lors de la présentation de Jésus, bébé, au Temple). Enfin, la sainteté de Marie, la place qu'elle tient auprès de son Fils, son exemption du péché affirmée très tôt dans les communautés chrétiennes la mettent au-dessus de tous les êtres et en font, pour les chrétiens, un exemple et un itinéraire vers le Christ.

Le titre de médiatrice n'en choque pas moins les chrétiens réformés qui, à juste titre, ne reconnaissent qu'un seul Médiateur, le Christ. Ils craignent qu'en l'attribuant à Marie on ne lui donne un rôle égal à celui du Christ. Le deuxième concile du Vatican s'est prononcé clairement sur ce point : il affirme que toute l'influence de Marie découle de l'unique médiation du Christ. Dans l'Église catholique, la Vierge Marie est invoquée sous les titres d'avocate, auxiliatrice, aide, ce qui doit s'entendre de manière à ne rien enlever à la dignité et à l'efficacité du Christ, seul médiateur (Constitution *Lumen Gentium*, chapitre 83, n° 60).

Si le terme de médiatrice appliqué à Marie est légitime car le Christ partage tout avec sa mère, il est néanmoins sujet à équivoque. Il exige lumière et sobriété pour ne pas donner prise à l'erreur théologique. L'Académie pontificale mariale, interrogée à ce propos, a affirmé qu'il n'était pas

« opportun d'abandonner le chemin tracé par Vatican II et de procéder à la définition d'un nouveau dogme ».

Cela dit, comment nier la place tout à fait particulière de Marie dans l'œuvre de la Rédemption ?

> *Et, après les vicissitudes de la vie cachée et publique de son Fils, qu'elle partagea sans aucun doute avec une sensibilité aiguë, ce fut encore sur le calvaire que la souffrance de Marie, auprès de celle de Jésus, atteignit un sommet difficilement imaginable du point de vue humain mais certes mystérieux et surnaturellement fécond au plan du salut universel. Sa montée au Calvaire, sa présence au pied de la croix avec le disciple bien-aimé ont été une participation tout à fait spéciale à la mort rédemptrice de son Fils.* »
>
> Jean-Paul II, *Salvifici doloris*

CHAPITRE IV

Prier la Vierge Marie

Qu'on la nomme « glorification de la Bienheureuse Vierge » ou bien « mariolâtrie », qu'on l'exalte ou qu'on la décrie, force est de constater l'importance séculaire de la dévotion à Marie. *Ave Maria*, Cœur de Marie, chapelet, *Sub Tuum*, Rosaire, Guadalupe, vierges noires, 15 août, Czestochowa, Lourdes, médaille miraculeuse, *Salve Regina*, maristes, 8 décembre, litanies à la Vierge : la liste des marques de la ferveur des chrétiens est longue. Notre-Dame-des-Neiges, Notre-Dame-du-Bon-Secours, Notre-Dame-du-Chemin, Notre-Dame-du-Concile, Notre-Dame-de-l'Assomption, Notre-Dame-de-l'Annonciation, Notre-Dame de Chartres, Notre-Dame de Paris, Notre-Dame du Puy : existe-t-il une ville de France qui n'ait une église consacrée à la Vierge ? Santa-Maria-d'Aracoeli, Santa-Maria-sopra-Minerva, Santa-Maria-dell'Anima, Santa-Maria-della-Pace, Santa-Maria-in-Campitelli, Santa-Maria-in-Cosmedin, Santa-Maria-Antiqua, Santa-Maria-della-Vittoria, Santa-Maria-in-Navicella, Santa-Maria-del-Popolo, Santa-

Maria-della-Concezione, Santa-Maria-dei-Angeli, Santa-Maria-in-Trastevere, Santa-Maria-Maggiore : la ville sainte de Rome a dédié ses plus beaux joyaux architecturaux à la Vierge.

Certains trouvent excessive cette présence de Marie dans la foi chrétienne. Ils ont beau jeu de tourner en ridicule certains excès de vénération et de pointer les peintures sulpiciennes, les petites statues en plastique bleu, les médailles représentant une Marie plutôt inexpressive. Il en va de la dévotion mariale comme de la théologie mariale : des formulations plus ou moins heureuses, qui expriment une recherche qui ne sait pas s'exprimer autrement, voisinent avec d'incontestables manques de prudence, où la volonté de trop bien faire a disqualifié aux yeux de beaucoup un authentique élan de foi envers le Christ.

> *Si donc nous établissons la solide dévotion de la très Sainte Vierge, ce n'est que pour établir plus parfaitement celle de Jésus-Christ, ce n'est que pour donner un moyen aisé et assuré pour trouver Jésus-Christ. Si la dévotion à la Sainte Vierge éloignait de Jésus-Christ, il faudrait la rejeter comme une illusion du diable. Mais tant s'en faut ! Cette dévotion ne nous est nécessaire que pour trouver Jésus-Christ parfaitement, l'aimer tendrement et le servir fidèlement.*
>
> Saint Louis-Marie Grignion de Montfort,
> *Traité de la vraie dévotion à la Vierge Marie*

FAUT-IL PRIER MARIE ?

Les catholiques aiment prier Marie : le Je vous salue Marie est sans aucun doute, avec le Notre Père, la prière qu'ils formulent le plus. Est-ce légitime ? La question peut se poser. Mais c'est sans se poser de questions que les chrétiens en sont venus à prier Marie ; au fur et à mesure qu'ils ont approfondi leur relation avec le Christ, ils ont contemplé Marie dans son lien avec Dieu et dans sa prière, puis ils ont prié avec elle, puis l'ont priée en lien avec le Christ, que seul ils adorent.

> *Je me suis aperçu bien vite qu'au-delà de la forme baroque du livre (*Le Traité de la vraie dévotion *de saint Louis-Marie Grignion de Montfort), il s'agissait de quelque chose de fondamental. Il s'est ensuivi que la dévotion de mon enfance et même de mon adolescence envers la mère du Christ a fait place à une nouvelle attitude, une dévotion venue du plus profond de ma foi, comme du cœur même de la réalité trinitaire et christologique.*
> *Alors qu'auparavant, je me tenais en retrait de crainte que la dévotion mariale ne marque le Christ au lieu de lui céder le pas, j'ai compris, à la lumière du traité de Grignion de Montfort, qu'il en allait autrement de notre lien au mystère du Christ. Il n'est donc pas question que l'un nous empêche de voir l'autre.*
> *Bien au contraire : la vraie dévotion à la Sainte Vierge se révèle de plus en plus précisément à celui qui avance dans le mystère du Christ.*
>
> *N'ayez pas peur*, dialogue A. Frossard-Jean-Paul II

La prière de Marie

La prière des chrétiens à Marie est inséparable de la prière de Marie à Dieu : la prière à Marie prend tout son sens quand elle est liée à l'élan d'adoration de Marie, créature, envers son créateur.

Marie a-t-elle prié ? Une lecture rapide du Nouveau Testament peut laisser croire qu'il ne reste qu'une seule trace de la prière de Marie, le Magnificat (Lc 1, 47-56) ! En réalité, le dialogue avec ce messager de Dieu qu'est l'ange, ainsi qu'un certain nombre de paroles de Marie peuvent être considérées comme des prières. On peut ainsi distinguer cinq formes de prière mariale :

– *Une prière pour comprendre* qu'on peut nommer « prière pour l'intelligence » : Marie demande à l'ange de lui faire comprendre comment elle pourra être enceinte alors qu'elle n'a pas connu d'homme (Lc 1, 34).

– *Une prière pour accepter* qu'on peut nommer « prière pour la volonté » : Marie dit : « Je suis la servante du Seigneur » (Lc 1, 47-56).

– *Une prière d'abandon à l'Esprit Saint* : retrouvant son fils au Temple, elle ne comprend pas ce qu'il lui dit et cependant « médite tous ces événements en son cœur » (Lc 2, 51).

– *Une prière d'intercession* : aux noces de Cana, elle rapporte à son fils le manque de vin et lui demande de faire quelque chose (Jn 2, 3-5). On l'a vu, cette prière engage beaucoup plus qu'un simple souci de convivialité : il faut la rapporter à la présence de Marie au pied de la Croix, comme il faut rapprocher le miracle de Cana à celui de la mort du Christ.

– *Une prière d'action de grâce* : le Magnificat.

En plus de ces expressions de la prière de Marie, on

trouve dans la Bible des passages où l'on voit Marie prier. Ainsi, au début du livre des Actes des Apôtres, on peut lire : « Tous, d'un même cœur, étaient assidus à la prière avec quelques femmes, dont Marie mère de Jésus, et avec ses frères » (Ac 1, 14).

Cette prière commune en présence de Marie se caractérise par l'assiduité et l'unanimité : il convient de souligner les deux qualités de cette prière que partage la Vierge. Et si, dans la suite du texte, elle n'est plus mentionnée, on peut supposer que la prière de Marie s'épanouit après la Pentecôte, avec celle des Apôtres lorsqu'ils auront, à leur tour, reçu l'Esprit Saint et que ces prières porteront les mêmes fruits : écoute de l'enseignement des Apôtres, convivialité et communion, fraction du pain partagé, prière commune, témoignage (Lc 2, 42-47).

Ce moment primordial de communion à une même prière fonde définitivement la vie de l'Église. Marie a accompagné la première prière chrétienne.

Que peut-on retenir de ce bref tour d'horizon ? La prière de Marie n'est pas simplement la prière particulière d'une mère dont le fils est Dieu : elle est aussi la prière d'adoration d'une femme représentant l'humanité et la prière communautaire et partagée de l'Église.

La prière à Marie

La prière à Marie s'est développée lentement au cours de l'histoire. Tout a commencé par des bénédictions à Dieu pour Jésus ou pour Marie seule. Le Nouveau Testament en garde trace : « Heureuse celle qui t'a porté et allaité » (Lc 11, 27) dit une voix de femme dans la foule. Et Jésus d'ajouter : « Bienheureux plutôt ceux qui écoutent la parole de Dieu et qui l'observent » (Lc 11, 28). Les premiers chrétiens ont vu là le portrait de Marie par son fils Jésus. Ailleurs : « Tu es bénie plus que toutes les femmes et béni est le fruit de ton sein » (Lc 1, 42). Plus loin : « Heureuse celle qui a cru que ce qui lui a été dit de la part du Seigneur s'accomplira » (Lc 1, 45).

Les premiers textes conservés de l'Église primitive reprennent cette tradition, en particulier la première prière eucharistique nommée *Tradition apostolique d'Hippolyte* († 235). Marie y est mentionnée dans une action de grâce à Dieu pour son Verbe, « envoyé du Ciel dans le sein d'une vierge, a été conçu et s'est manifesté comme ton Fils, né de l'Esprit Saint et de la Vierge Marie ».

Très vite, à côté de ces bénédictions, sont nées des supplications à Marie dont le *Sub Tuum Præsidium* est sans doute la forme la plus ancienne qui nous soit parvenue puisqu'elle date du IVe siècle et qu'elle semble avoir des origines plus anciennes.

Le Je vous salue Marie ne semble avoir été employé comme prière usuelle que progressivement. Au départ, vers le Ve siècle, des textes liturgiques incluent les deux premières phrases de l'actuel *Ave Maria* ; ils ne mentionnent toutefois pas le nom de Jésus qui sera ajouté plus tard. Au VIIe siècle, les chrétiens commencent à le réciter régulièrement. Même si des compléments circulent avant le XVe siècle, ce n'est qu'en 1568 que le pape saint Pie V introduit la seconde partie : « Sainte Marie, Mère de Dieu, priez pour nous, pauvres pécheurs, maintenant et à l'heure de notre mort. »

La prière à Marie est-elle légitime ?

La prière à Marie, on le voit, s'est développée surtout de manière populaire, et quelquefois contre la volonté de la hiérarchie catholique : le fameux saint Éloi († 660), évêque de Noyon, interdisait, par exemple, à ses fidèles de prier l'*Ave Maria* et les exhortait à utiliser le *Pater* ou le *Credo*. Cette prière ne s'est jamais détachée de l'adoration du Christ : *adorant* le Christ, le fidèle chrétien *vénère* sa Mère. Parce qu'il vénère, il prie ; parce qu'il prie, il célèbre. Son amour pour Marie naît de l'amour du Christ pour elle ; de la sainteté de la réponse au Christ et des liens d'amour qu'il pressent entre mère et fils fleurit sa dévotion.

Pour faire prendre conscience de la différence entre adoration et vénération, des théologiens ont proposé une distinction entre le culte de *latrie* qui est celui que l'on doit rendre à Dieu et le culte de *dulie* (du mot grec *doulos*, qui signifie « serviteur ») celui que l'on rend à Dieu à travers ses serviteurs, la vénération spéciale de la personne ayant su se laisser totalement transformer par l'amour de Dieu. Le culte marial est qualifié par ces théologiens de culte d'hyperdulie.

Cette distinction suffit-elle à éviter l'écueil d'un accaparement par Marie du culte divin ? Si catholiques et protestants s'accordent à vénérer Marie et à l'imiter, ils divergent au moment de l'invoquer : la tradition protestante lui refuse tout rôle d'intercession, tandis que les catholiques se confient à son intercession maternelle en lui disant quotidiennement : « Priez pour nous, pauvres pécheurs. »

Il convient de chercher à dépasser ce conflit. Récemment, le Groupe des Dombes a proposé un dépassement à ses divisions en rappelant le lien qui existe entre le Fils et le Père. Ne peut-on pas comprendre l'intercession de Marie « comme partie intégrante de la communion des saints de la terre et des cieux, des humains et du Dieu trinitaire, s'insérant dans l'éternelle intercession du Fils auprès du Père, à laquelle répond l'intercession de l'Esprit en nous, pécheurs et justifiés[5] » ?

LES PLUS BELLES PRIÈRES À MARIE

La prière avec, par et à Marie, est une source sans cesse renouvelée...

Mais certaines prières sont devenues des repères de la vie chrétienne.

JE VOUS SALUE MARIE

Je vous salue, Marie,
Pleine de grâce.
Le Seigneur est avec vous,
Vous êtes bénie entre toutes les femmes
Et Jésus, le fruit de vos entrailles est béni.
Sainte Marie, Mère de Dieu,
Priez pour nous, pauvres pécheurs,
Maintenant et à l'heure de notre mort.

LE CHAPELET

En Occident, on peut dire que la base de la prière mariale est le Je vous salue Marie.

Très souvent, les catholiques prient avec leur chapelet. Le mot chapelet évoque les couronnes de roses (une sorte de petit chapeau) des statues de la Vierge au Moyen Âge. Chaque rose symbolisant une prière, on eut l'idée de se servir d'un collier de grains pour prier la Vierge. L'usage était déjà en vigueur au XIIe siècle lorsque saint Bernard contribua à le développer. Saint Dominique en fit autant au XIIIe siècle et prescrivit à ses religieux de porter un chapelet à leur ceinture. Le chapelet comporte cinq séries de dix grains, chaque série étant précédée d'un grain séparé. Cette forme correspond à l'usage qui est fait du chapelet pour la prière : la récitation du chapelet comporte, en effet, cinq dizaines de Je vous salue Marie introduites par un Notre Père et conclues par un Gloire au Père.

En 1915, sur le front de guerre, un soldat français immobilisé par une blessure fut témoin d'une scène qu'il relata dans le journal *La Croix* du 12 septembre 1915 :

> *Deux soldats gisaient à côté de moi, blessés à mort ; l'un d'eux était allemand, un éclat d'obus lui avait ouvert le ventre. L'autre était français, il portait une plaie béante sur le côté et une profonde blessure à la tête. Tous deux paraissaient jeunes encore ; ils souffraient beaucoup. Tout à coup, je vis le Français glisser sa main sous sa capote et en retirer avec effort un petit crucifix d'argent qu'il porta pieusement à ses lèvres. Puis d'une voix faible, mais encore ferme, il se mit à prier :* Ave Maria, Gratia plena...
> *À ces mots, l'Allemand qui n'avait donné signe de vie*

que par une respiration courte et saccadée, ouvrit ses yeux bleus et vitreux ; puis tournant lentement la tête du côté du Français, il le regarda sans haine et même presque avec amour, et poursuivit en latin : Sancta Maria...

Leurs yeux se rencontrèrent et leurs regards se comprirent. Et alors, étendant les bras dans un geste sublime de charité, le Français présenta le crucifix à l'Allemand qui le baisa. Puis se prenant par la main, ils fermèrent les yeux ; un frisson secoua leurs corps qui se raidirent... et le trépas se fit.

LE ROSAIRE

Le Rosaire consiste à prier trois chapelets en méditant sur les mystères de la vie du Christ. À chaque dizaine correspond un mystère. On consacre le premier chapelet aux mystères joyeux (Annonciation, Visitation, Nativité, Purification, Jésus retrouvé au Temple) ; le deuxième aux mystères douloureux (Agonie, Flagellation, Couronnement d'épines, Portement de croix, Mort) et enfin le dernier aux mystères glorieux (Résurrection, Ascension, Pentecôte, Assomption, Couronnement de la Vierge).

Une fête du Rosaire a été instituée le 7 octobre, en action de grâce de la victoire de Lépante (1571) par le pape Pie V, en 1573.

Le saint Rosaire est une commémoration permanente de la Rédemption, dans ses étapes les plus évidentes : l'Incarnation du Verbe, sa Passion et sa Mort pour nous, la Pâque qu'il a inaugurée et qui s'accomplira éternellement dans le ciel.

*En considérant, en effet, les éléments contemplatifs du Rosaire, c'est-à-dire les mystères autour desquels se déroule la prière vocale, nous pouvons mieux comprendre pourquoi cette couronne d'*Ave *a été appelée « Psautier de la Vierge ». De même que les Psaumes rappelaient à Israël les merveilles de l'Exode et du salut opéré par Dieu, et invitaient constamment le peuple à la fidélité envers le pacte du Sinaï, ainsi le Rosaire rappelle sans cesse au peuple de la nouvelle Alliance les prodiges de miséricorde et de puissance que Dieu a déployés dans le Christ en faveur de l'homme et l'invite à la fidélité aux engagements de son baptême. Nous sommes son peuple, il est notre Dieu.*

Mais le souvenir des prodiges de Dieu et ce rappel constant à la fidélité passent, d'une certaine manière, par Marie, la vierge fidèle.

Jean-Paul II, allocution à l'occasion de l'Angélus du 9 octobre 1983.

L'hymne acathiste

Les chrétiens orientaux aiment, quant à eux, utiliser l'hymne acathiste.

Composé en l'honneur de la Mère de Dieu, Theotokos, *protectrice de Constantinople, cet hymne comprend vingt-quatre strophes (une par lettre de l'alphabet grec). Il est chanté le cinquième samedi de carême (généralement situé avant l'Annonciation). Mais les moines et beaucoup de fidèles le chantent tous les samedis.*

Le plus élevé des Anges
fut envoyé du Ciel
pour dire « *Ave* » à la Mère de Dieu.
Il se tint en extase
Acclamant la Mère avec ces mots :
Ave, par toi la joie resplendit
Ave, par toi, la douleur disparaît
Ave, Salut d'Adam tombé
Ave, rachat des pleurs d'Ève
Ave, toi qui es le sommet sublime de l'intelligence
[humaine
Ave, toi l'abysse profond pour les yeux des anges
Ave, toi qui as été élevée sur le trône du Roi
Ave, toi qui portes celui qui porte tout
Ave, toi l'étoile que le soleil précède
Ave, toi le sein dans lequel Dieu s'incarne
Ave, toi pour qui le Créateur est un enfant
Ave, toi l'épouse et la Vierge...

PRIÈRE DANS LES DIFFICULTÉS

Ayez mémoire et souvenance, très douce Vierge, que vous êtes ma Mère et que je suis votre fils ; que vous êtes puissante et que je suis un pauvre homme, vil et faible.

Je vous supplie, très douce Mère, que vous me gouverniez et me défendiez dans toutes mes voies et actions.

Ne dites pas, gracieuse Vierge, que vous ne pouvez,

car votre bien-aimé Fils vous a donné tout pouvoir, tant au ciel, comme en la terre.

Ne me dites pas que vous ne devez, car vous êtes la commune Mère de tous les pauvres humains et particulièrement la mienne.

Si vous ne pouviez, je vous excuserais disant : il est vrai qu'elle est ma Mère et qu'elle me chérit comme son fils, mais la pauvrette manque d'avoir et de pouvoir.

Si vous n'étiez pas Mère, avec raison, je patienterais disant : elle est bien assez riche pour m'assister, mais hélas, n'étant pas ma Mère, elle ne m'aime pas.

Puis donc, très douce Vierge, que vous êtes ma Mère et que vous êtes puissante, comment vous excuserais-je, si vous ne me soulagez et ne me prêtez votre secours et assistance !

Vous voyez, ma Mère, que vous êtes contrainte d'acquiescer à toutes mes demandes.

Pour l'honneur et la gloire de votre Fils, acceptez-moi comme votre enfant, sans avoir égard à mes misères et péchés. Délivrez mon âme et mon corps de tout mal et me donnez toutes vos vertus, surtout l'humilité.

Enfin, faites-moi présent de tous les dons, biens et grâces, qui plaisent à la Sainte Trinité, Père, Fils et Saint Esprit.

Saint François de Sales (1567-1622)

Sous l'abri de ta miséricorde

Sub tuum praesidium *est l'une des plus anciennes prières mariales. Les plus récentes études montrent qu'elle est postérieure au début du* IV*e siècle.*

On la cite ici dans la traduction de sa forme la plus primitive, telle qu'elle fut découverte sur un papyrus grec.

Sous l'abri de ta miséricorde,
ô Mère de Dieu,
Ne laisse pas succomber à la tentation
ceux qui te prient.
Mais délivre-nous du danger, seule pure, seule bénie.

Salve Regina

Le Salve Regina *est l'une des antiennes à la Vierge chantées à la fin des complies. Cette prière, dont l'origine se situe vers le* XI*e siècle, a été répandue par les dominicains au* XIII*e siècle.*

Salve Regina, mater misericordiae,
Vita, dulcedo et spes nostra, salve.
Ad te clamamus, exules filii Evae
Ad te suspiramus, gementes et flentes
In hac lacrimarum valle
Eia ergo, advocata nostra,
Illos tuos misericordes oculos
Ad nos converte.
Et Iesum, benedictum fructum ventris tui,
Nobis post hoc exilium ostende.

O clemens, o pia,
O dulcis Virgo Maria.

Salut, ô Reine, Mère de miséricorde,
Notre vie, notre douceur, notre espoir, salut !
Vers vous nous crions dans notre exil, fils d'Ève.
Vers vous, nous soupirons,
Gémissant et pleurant dans cette vallée de larmes.
Ô vous donc, notre avocate,
Tournez vers nous vos yeux compatissants.
Et Jésus, le fruit béni de vos entrailles,
Après notre exil, montrez-le nous.
Ô clémente, ô bonne,
Ô douce Vierge Marie.

Souvenez-vous

Souvenez-vous, ô très pieuse Vierge Marie,
Qu'on n'a jamais entendu dire qu'aucun de ceux
qui ont eu recours à votre protection,
qui ont imploré votre secours
et demandé vos suffrages, ait été abandonné.
Animé d'une pareille confiance,
ô Vierge des vierges, ô ma Mère,
je viens à vous, je cours à vous,
et, gémissant sous le poids de mes péchés,
je me prosterne devant vous.
O Mère du Verbe, ne rejetez pas mes prières
mais écoutez-les favorablement
et daignez les exaucer.

Saint Bernard (1091-1153)

JE VOUS CHOISIS...

Je vous choisis, aujourd'hui, ô Marie,
En présence de toute la cour céleste,
pour ma Mère et ma Reine.
Je vous livre et consacre, en toute soumission et amour, mon corps et mon âme, mes biens intérieurs [et extérieurs,
et la valeur même de mes bonnes actions
passées, présentes et futures,
Vous laissant un entier et plein droit
de disposer de moi et de tout ce qui m'appartient,
sans exception, selon votre bon plaisir,
À la plus grande gloire de Dieu,
dans le temps et l'éternité.

Saint Louis-Marie Grignion de Montfort (1673-1716)

MAGNIFICAT (Lc 1, 46-55)

Magnificat est le premier mot d'un cantique qui se chante aux vêpres et, de plus en plus, à d'autres célébrations comme prière d'action de grâces. Selon l'Évangile de saint Luc, après l'Annonciation, la Vierge Marie, enceinte de Jésus, était allée rendre visite à sa cousine Élisabeth ; saluée par celle-ci comme « femme bénie entre toutes les femmes », elle lui avait répondu par un chant de joie et de reconnaissance à Dieu, commençant par les mots : « Mon âme exalte le Seigneur... » (en latin, Magnificat anima mea dominum*). Ce chant était inspiré de textes de l'Ancien Testament.*

Mon âme exalte le Seigneur,
Exulte mon esprit en Dieu mon Sauveur
Il s'est penché sur son humble servante ;
Désormais tous les âges me diront bienheureuse.
Le Puissant fit pour moi des merveilles
Saint est son nom.
Son amour s'étend d'âge en âge
Sur ceux qui le craignent ;
Déployant la force de son bras,
Il disperse les superbes.
Il renverse les puissants de leur trône,
Il élève les humbles.
Il comble de biens les affamés,
Renvoie les riches les mains vides.
Il relève Israël son serviteur,
Il se souvient de son amour,
De la promesse faite à nos pères,
En faveur d'Abraham et de sa race à jamais.
Gloire au Père, au Fils, au Saint-Esprit,
Amen.

Sainte Marie, Mère de Dieu...

Sainte Marie, Mère de Dieu,
Gardez-moi un cœur d'enfant,
Pur et transparent comme une source.
Obtenez-moi un cœur simple,
Qui ne savoure pas les tristesses
Un cœur magnifique à se donner,
Tendre à la compassion,

Un cœur fidèle et généreux,
Qui n'oublie aucun bien
et ne tienne rancune d'aucun mal.
Faites-moi un cœur doux et humble
Aimant sans demander de retour,
Joyeux de s'effacer dans un autre cœur
devant votre divin Fils,
Un cœur grand et indomptable
qu'aucune ingratitude ne ferme,
qu'aucune indifférence ne lasse,
Un cœur tourmenté de la gloire de Jésus-Christ
blessé de son amour
et dont la plaie ne guérisse qu'au ciel.

L. de Grandmaison, s.j. (1868-1927)

Il existe bien d'autres prières mariales, qu'il n'est pas possible de reproduire ici. Il faudrait en citer tant... On se reportera avec intérêt aux *Paroles pour Marie* (Droguet & Ardant).

CHAPITRE V

Marie au cœur de la vie de l'Église

Marie au cœur de la liturgie

Pour comprendre la place qu'occupe Marie dans le cœur des catholiques, il faut comprendre la place qu'elle occupe dans la liturgie.

Marie au cœur de la messe

Il n'y a pas de messe où le nom de Marie ne soit pas évoqué et invoqué. Elle est souvent nommée comme l'une des « merveilles » que Dieu a créées. Elle est également citée pour évoquer la communion fraternelle de tous les hommes avec Dieu et les saints, qui sera établie à la fin des temps et que l'Eucharistie anticipe. Elle est enfin invoquée pour souligner sa présence dans le Corps du Christ à laquelle la communion eucharistique fait participer.

L'évocation de Marie au cours de la messe, si discrète soit-elle, ne correspond pas seulement à la nécessité de rappeler que le Christ n'est pas une idée, mais un homme né d'une femme : elle manifeste également que l'Eucharistie, étant la célébration de l'action de Dieu en faveur des hommes par le Christ dans l'Esprit, est liée à Marie, indissociable de cette action de Dieu.

La troisième préface du « canon » de la messe affirme cela :

> *Vraiment il est juste et bon de te rendre gloire, de t'offrir notre action de grâce, toujours et en tout lieu, à toi, Père très saint, Dieu éternel et tout-puissant, par le Christ notre Seigneur.*
> *Par la parole prophétique d'Élisabeth inspirée par ton Esprit, tu nous manifestes la grandeur de la Vierge Marie, car Élisabeth la salue et proclame vraiment bienheureuse parce qu'elle a cru, et dans le service où la charité de Marie l'entraîne, la mère du Précurseur reconnaît la mère du Seigneur.*
> *C'est pourquoi nous unissons nos chants avec joie au cantique de la Vierge Mère de Dieu, et humblement nous magnifions ta gloire en chantant sans fin ta louange avec la multitude des anges et des saints : Saint !...*

Le texte de la préface l'indique clairement : Marie est celle qui entonne le chant de louange auquel tous les hommes se joignent. Sa sainteté et sa grandeur, reconnues par Élisabeth, ne lui donnent pas d'autre privilège que celui d'être la première à louer Dieu.

La Vierge du samedi

Depuis le Xᵉ siècle, l'Église catholique a dédié le samedi à la Vierge Marie. Les raisons initiales de ce choix sont loin d'être connues. Toutefois, on peut expliquer pourquoi le samedi est le jour marial par excellence :

– Tous les samedis évoquent le samedi saint. Or le samedi saint est par excellence le jour de Marie : Marie, disciple exemplaire du Christ, attend dans la foi, dans l'obscurité de cette nuit d'angoisse, la résurrection du Christ.

– Le samedi prépare le dimanche, jour de la Résurrection, qui est salut pour tous les hommes. Or comment mieux se préparer au dimanche qu'en songeant à l'Incarnation, à la venue du Christ dans la chair grâce à Marie ?

– En reconnaissant de manière hebdomadaire la foi de la Vierge Marie, les chrétiens sont renvoyés à leur propre foi et reconnaissent l'importance de la Vierge dans leur vie et dans celle de l'Église.

LES FÊTES MARIALES

Si la Vierge est évoquée à toutes les eucharisties et est particulièrement célébrée le samedi, l'Église a institué au cours de son histoire des célébrations particulières. Les évoquer ici ne sert pas seulement à connaître leur nom : connaître la célébration de Marie est une manière de mieux connaître Marie. Comme fêtes mariales, on recense en particulier : la solennité de Marie, Mère de Dieu (1er janvier), la fête de la Présentation du Seigneur (anciennement

Purification de la Vierge, 2 février), la mémoire de Notre-Dame de Lourdes (11 février), la solennité de l'Annonciation du Seigneur (anciennement Annonciation de la Bienheureuse Vierge Marie, 25 mars), Notre-Dame de Fatima (13 mai), la fête de la Visitation de la Vierge Marie (anciennement Bienheureuse Marie Reine, 31 mai), la mémoire du Cœur Immaculé de Marie (samedi suivant le Sacré Cœur de Jésus), la mémoire de Notre-Dame-du-Mont-Carmel (16 juillet), la mémoire de la dédicace de Sainte-Marie-Majeure (5 août), la solennité de l'Assomption (15 août), la mémoire de Marie Reine (22 août), la fête de la Nativité de la Vierge (8 septembre), la mémoire de Notre-Dame-des-Sept-Douleurs (15 septembre), la mémoire de Notre-Dame-du-Rosaire (7 octobre), la mémoire de la Présentation de la Vierge Marie (21 novembre), la solennité de l'Immaculée Conception (8 décembre).

1er janvier : Marie, Mère de Dieu

La célébration de la Mère de Dieu semble être la plus ancienne fête mariale. Les Églises byzantines et syriaques la célèbrent le 26 décembre : elles respectent ainsi l'ancienne coutume de poursuivre la célébration d'une grande fête par la commémoration d'un personnage secondaire dépendant de cette dernière. Les Églises coptes la célèbrent, quant à elles, le 16 janvier. La fête fait son apparition en Occident à Milan au Ve siècle : on célèbre la Mère de Dieu le dimanche précédant le 25 décembre. Mais en Gaule, la célébration se tient le 18 janvier (selon Grégoire de Tours), tandis qu'en Espagne, le Xe concile de Tolède la fixe au

18 décembre. À Rome, une semaine après Noël, une fête spéciale était organisée à l'église de Marie *Ad Martyres*, mais on en vint bientôt à y célébrer davantage la circoncision de Jésus que la Vierge Marie.

Que faut-il retenir de ce bref historique ? L'antiquité et l'universalité de la fête, tout d'abord, qui se célèbre dès le IVe siècle, mais aussi l'absence de décision générale à ce sujet. Ce n'est qu'en 1751 que le Portugal reçoit la permission « officielle » de célébrer une fête de Marie Mère de Dieu le premier dimanche de mai et ce n'est qu'en 1931 que le pape Pie XI, constatant l'extension qu'elle avait prise, décida de la généraliser à toute l'Église et de la fixer au 11 octobre.

C'est cette fête que l'on célèbre encore aujourd'hui. Elle a été déplacée au 1er janvier par le calendrier liturgique promulgué après le concile de Vatican II en 1969 (calendrier dit « de Paul VI ») : cette date respecte davantage les antiques traditions du cycle de Noël.

2 février : la Présentation du Seigneur

La Présentation du Seigneur se fête quarante jours après Noël. Elle commémore les faits qui sont racontés en Luc 2, 22-39. Pour la comprendre, il faut revenir sur la tradition juive qui a amené Marie à présenter Jésus au Temple, après sa naissance.

– En Israël, une femme était impure pendant quarante jours après la naissance d'un garçon (80 pour les filles). Pour retrouver la pureté, elle devait offrir un agneau et une colombe ou, si elle était pauvre, deux colombes.

– En Israël aussi, le premier-né « appartenait » à Dieu : il devait lui être présenté et « racheté » par une offrande payée avec de l'argent (Ex 13, 2-12 ; Nb 18, 16).

À partir de quand cette fête a-t-elle été célébrée par les chrétiens ? Une femme, Eterie, pèlerin à Jérusalem au IVe siècle, raconte cette célébration et la situe quarante jours après l'Épiphanie, alors seule fête célébrant la Nativité du Seigneur en Orient. Cette fête sera connue plus tard sous le nom d'*Hypapante* – « la rencontre » – parce qu'elle commémorait aussi la rencontre avec la prophétesse Anne et le vieillard Syméon.

C'est sous Serge Ier (687-701) que la tradition d'une procession pour marquer la fête semble s'établir, mais c'est nettement plus tardivement que l'on introduit des flambeaux ou des cierges dans cette procession. Cela coïncide probablement avec la « reprise » d'une procession païenne expiatrice qui avait lieu autrefois tous les cinq ans à Rome. On justifia alors la présence de ces cierges par une référence à la parole de Syméon accueillant le Christ comme « la lumière des nations » (Lc 2, 30).

25 mars : Annonciation du Seigneur

La fête de l'Annonciation est à la fois la fête de l'Incarnation du Christ et une fête mariale. Elle a reçu beaucoup de noms dans l'histoire : Annonciation de la bienheureuse Vierge Marie, Annonciation de l'ange, Salutation de Marie... mais aussi Annonciation du Christ, Annonciation du Seigneur, fête de l'Incarnation. Le nom actuel a été décidé par Paul VI.

La date du 25 mars a été choisie pour deux raisons : elle est séparée par neuf mois du 25 décembre et elle se situe à l'équinoxe du printemps. Pendant longtemps, beaucoup ont pensé que ce 25 mars était aussi la date anniversaire de la création du monde... et du vendredi saint (voire du jour de Pâques).

Cette fête a été assez rapidement répandue dans toute la chrétienté mais elle est née sans doute en Orient au Ve siècle. Elle a été diffusée par l'empereur Justinien Ier entre 530 et 550 et le pape Serge Ier (687-701) la considéra comme une fête ancienne à laquelle il demanda d'adjoindre d'autres fêtes. Sa célébration, toujours en carême et quelquefois durant la semaine sainte, a posé bien des questions au cours des âges et a amené à réfléchir à un changement de date. En fait, aujourd'hui, elle n'est déplacée que lorsque la semaine sainte inclut le 25 mars. Elle prend place alors le lundi, huitième jour après Pâques.

Traditionnellement, cette fête a toujours été un temps de méditation de l'Évangile de l'Annonciation (Lc 1, 26-38) et du « oui » de Marie. Mais, d'une manière moins connue peut-être, on y médite aussi le « oui » du Christ (Hb 10, 4-10) et le « oui » de l'Église.

Mémoire du Cœur immaculé de Marie
(samedi suivant la solennité du Sacré Cœur de Jésus)

C'est saint Jean Eudes (1601-1680) qui fut le père, le docteur (au sens de théologien) et le premier à célébrer cette messe du Cœur de Marie, le 28 février 1648. De 1669 à 1765, Rome refusa l'existence de cette fête qui ne fut mentionnée dans les missels que 250 ans plus tard, en 1914.

En 1942, Pie XII, consacrant le genre humain au Cœur immaculé de Marie, en étendit le culte au monde entier. L'actuel missel a placé cette fête une semaine après celle du Cœur de Jésus et l'a rendue facultative.

Comment comprendre cette dévotion ? Pour saint Jean Eudes, il s'agissait d'honorer Marie en honorant le cœur de celle qui fit vivre celui de Jésus en son sein, mais également d'exalter la présence de l'Esprit au cœur de Marie et d'honorer Jésus, constamment présent dans le cœur et les pensées de Marie.

> *Ces deux Cœurs (celui de Jésus et de Marie) et ces deux harpes sont unies si étroitement ensemble qu'elles ne sont, en quelque façon, qu'une seule harpe qui n'a qu'un même son et un même chant, et qui chante les mêmes cantiques. Quand la première chante un cantique d'amour, la seconde chante un cantique d'amour. Quand la première chante un cantique de louange, la seconde chante un cantique de louange. Si le Cœur de Jésus aime son Père, le Cœur de Marie l'aime aussi avec lui... Tout ce que le Cœur de Jésus aime, le Cœur de Marie l'aime. Tout ce que le Cœur de Jésus hait, le Cœur de Marie le hait. Tout ce qui réjouit le Cœur du Fils, réjouit le Cœur de la Mère. Saint Augustin l'évoque : « Il y avait deux*

cithares mystiques ; lorsque l'une vibrait, l'autre vibrait en écho de la même mélodie sans que personne n'en joue.

Saint Jean Eudes, *Œuvres complètes*

Cette dévotion se comprend mieux lorsque l'on donne une place centrale au corps mystique du Christ. Si l'homme est appelé à faire partie du Corps du Christ, il peut légitimement dire que ce qui appartient au Christ lui appartient puisqu'il est membre de son Corps ; ce qui est vrai de chacun l'est à plus forte raison de Marie.

Le Christ sur la croix dit : « Femme, voici ton Fils. » Par cette parole, il ouvrit, d'une manière nouvelle, le cœur de sa mère. Peu après, la lance du soldat romain transperça le côté du crucifié. Ce cœur transpercé est devenu le signe de la rédemption que l'Agneau de Dieu accomplit par sa mort.

Le cœur immaculé de Marie, ouvert par la parole Femme voici ton fils, rencontre rituellement le cœur de son Fils ouvert par la lance du soldat. Le cœur de Marie a été ouvert par l'amour pour l'homme et pour le monde dont le Christ a aimé l'homme et le monde, souffrant lui-même pour eux sur la croix, jusqu'au coup de lance du soldat.

Allocution de Jean-Paul II à Fatima, 13 mai 1982

Saint Jean Eudes ajoute que, recevant Marie pour mère au pied de la croix, le chrétien peut aussi considérer le cœur de Marie comme le sien : il doit donc demander au cœur de Marie de lui permettre de savoir chanter la gloire du Père et d'avoir souci des hommes.

> *Ô Reine de mon cœur [...], unissez mon cœur, s'il vous plaît, quoique très indigne, avec le vôtre, et l'associez à tout l'amour et à toute la gloire qu'il rendra éternellement à tous les divins attributs et aux trois personnes éternelles de la très adorable Trinité.*
>
> Saint Jean Eudes, *Œuvres complètes*

13 mai : Notre-Dame de Fatima

Cette fête a été instaurée en 2002 par Jean-Paul II. Comme on le sait, le 13 mai (date anniversaire des apparitions) est aussi, pour lui, l'anniversaire de l'attentat dont il a été victime en 1981. C'est également la date de la béatification des « voyants » de Fatima : Jacinta et Francisco Marto.

15 août : Assomption

La fête de l'Assomption est née à Jérusalem, mais il est difficile de savoir à quelle époque. L'origine de la fête vient peut-être de la consécration par l'évêque Juvénal (422-458) d'une église dédiée à Marie, à Kathisma (étape supposée de la Vierge entre Nazareth et Bethléem). Elle a plus probablement pour origine la consécration d'une autre église à Gethsémani, à côté de Jérusalem, au VIe siècle.

Quoi qu'il en soit, la fête fut étendue à tout l'Empire par l'empereur Maurice (582-602) sous le nom de Dormition (*Koimêsis*) de la Vierge Marie. Elle fut toujours célébrée le 15 août. L'année liturgique des Orientaux commençant le 1er septembre, elle s'ouvre vraiment avec la Nativité de la Vierge et se clôt avec son entrée dans la gloire le 15 août.

Comme souvent à cette époque, l'Église de Rome est en retard sur l'Église de Constantinople : la fête n'est assurée à Rome que durant le pontificat de Serge Ier (687-701). À son époque, elle est déjà bien installée et s'accompagne d'une procession dans toute la ville, qui ne sera supprimée qu'au XVIe siècle par le pape Pie V.

9 septembre : le Saint Nom de Marie

Cette célébration, supprimée en 1960, est rétablie en 2002 comme mémoire.

Le nom, chez les juifs comme chez les premiers chrétiens, n'est pas considéré comme une sorte de convention sociale commode pour désigner quelqu'un, mais plutôt comme l'expression de sa mission parmi les hommes.

Le nom de Marie signifie probablement la « Princesse », la « Dame », la « Magnifiée »... mais certains pensent qu'il veut plutôt dire la voyante.

Si le nom des élus est inscrit dans le ciel (Lc 10, 20), celui de Marie y figure en premier, elle que les poètes ont appelée « étoile du matin ».

15 septembre : Notre-Dame des Douleurs

Cette fête reçut beaucoup de noms au cours de sa (relativement) courte histoire... de cinq siècles : il semble en effet que la première « commémoration des angoisses et des douleurs de la bienheureuse Vierge Marie » ait été décidée le 14 avril 1423 par un concile régional de Cologne, en réparation d'un sacrilège commis sur un calvaire.

Il semble que la célébration actuelle ait deux sources. La première est une messe du temps pascal célébrant la présence de Marie au pied de la croix, participant par sa présence au mystère du salut du monde. Cette fête s'est appelée Notre-Dame de Pitié (ou aussi « du transpercement et du martyre du cœur de Marie », « de la compassion de la Bienheureuse Marie toujours Vierge », etc.)

La seconde source vient des Servites de Marie, un ordre qui célébrait les « sept douleurs » de Marie, fête qui faisait pendant aux « sept joies de Marie », aujourd'hui disparue. Dès 1668, les Servites célébraient Notre-Dame des Sept Douleurs le troisième dimanche de septembre. La fête fut fixée le 15 septembre par Pie X après avoir connu un développement très important dû à la dévotion de Pie VII envers la Vierge des Douleurs, en souvenir des souffrances que Napoléon avait fait subir à l'Église. Les traces d'une dévotion plus sentimentale ont été enlevées de la célébration actuelle qui s'inspire de ce que dit Vatican II de la présence de Marie au pied de la croix lorsqu'il affirme : « Marie, souffrant avec son Fils mourant sur la croix, coopère d'une manière tout à fait particulière à l'œuvre du Sauveur » (constitution *Lumen Gentium,* § 61).

8 décembre : Immaculée Conception

La définition du dogme de l'Immaculée Conception est tardive, comme on l'a vu. Toutefois, la célébration en est très ancienne. D'après le témoignage d'André de Crête, il existait déjà au VIIe siècle une fête de la Conception de Marie par sainte Anne. Elle avait lieu le 9 décembre, soit neuf mois avant le 8 septembre, fête de la Nativité de la Vierge. L'empereur Léon VI (896-903) en étendit la célébration à tout l'Empire byzantin.

En Occident, la Conception de la Vierge Marie est fêtée le 8 décembre à partir de 1150. Cependant, contrairement à Byzance, où l'accent était mis sur la maternité d'Anne, l'Occident privilégie la conception « immaculée » de Marie.

Même si saint Bernard et les dominicains ont combattu cette fête, le pape Sixte IV l'inscrit au calendrier romain le 27 février 1476 : franciscain, il ne suivait là que ce qu'avait décidé le chapitre de son ordre en 1263.

APPARITIONS ET PÈLERINAGES

Ce chapitre sur la dévotion à Marie ne serait pas complet sans les apparitions et les pèlerinages. Certains, pour des raisons diverses, s'attendraient à ce que cela constitue le centre du livre. En réalité, pèlerinages et apparitions sont totalement dépourvus de sens si on ne les rapporte à ce qui vient d'être dit précédemment. En effet, l'essentiel est de savoir que Marie a accepté une fois pour toutes de donner son Fils au monde. Ses « apparitions » et ses « miracles » ne sont qu'une manière de prolonger sa seule mission, qui est de conduire à son Fils. Comme l'a dit le pape Jean-Paul II, le 4 mai 1983 : « En donnant son consentement au message de l'Ange, Marie a accepté de collaborer à toute l'œuvre de réconciliation de l'humanité avec Dieu, tout comme son Fils l'avait, de fait, réalisée. »

Les apparitions de la Vierge

Même si l'on parle beaucoup des apparitions récentes de la Vierge (Lourdes, Fatima...), force est de constater que les apparitions de la Vierge sont une donnée qui fait partie intégrante de la tradition de l'Église. Les apparitions ne sont pas une « affaire de catholiques » puisqu'elles ont commencé bien avant les séparations, entre catholiques et orthodoxes, entre catholiques et protestants ; elles ne sont pas non plus le produit d'un XIXe siècle exalté. Pour s'en convaincre, il n'est que de jeter un coup d'œil au tableau suivant, qui reprend la liste des principales apparitions de la Vierge (les saints marqués d'un astérisque sont orthodoxes).

IIIe siècle	à saint Grégoire le Thaumaturge
IVe siècle	au Puy
Ve siècle	à saint Théophile d'Alexandrie
	à un Goth à Rome
	à saint Maurille (Angers)
VIe siècle	à Romanos de Mélode
VIIe siècle	à saint Ildefonse (Tolède)
VIIIe siècle	à saint Erwin (Evesham)
Xe siècle	à saint André le Fou
	à saint Épiphane (couvrant la foule d'un manteau protecteur)
XIe siècle	à Valenciennes (lors d'une épidémie de peste)
XIIe siècle	à Noirétable (Notre-Dame-de-l'Hermitage)
	à saint Bernard
XIIIe siècle	à saint Norbert
	à saint Pierre Nolasque, Raymond Nonnat, Pierre Pascal

	à Réginald d'Orléans
	à Simon Stock
	à Honorius III
	à sept fondateurs de l'Ordre des Servites
	à saint François d'Assise
XIVe siècle	à saint Serge Radonège*
	à saint André Corsini
	à saint Pierre Thomas
	au pape Jean XXII
XVe siècle	à saint Cyrille*
	à Henri Egher, chartreux
	à Adolphe d'Essen
	à Jean de la Roche, prédicateur du Rosaire (Notre-Dame-des-Trois-Épis)
	à un maréchal-ferrant alsacien
XVIe siècle	aux hiéromoines Jean et Jésus*
	à saint Joseph Gozlenko*
	à Utelle (Savoie)
	à Notre-Dame de Garaison (Pyrénées)
	à Notre-Dame-de-Grâce (Var)
	à saint Ignace de Loyola
	à saint Jean Léonardi
	à Notre-Dame de Agenouillée (Deux-Sèvres)
XVIIe siècle	à saint Séraphim de Sarov*
	à saint Tikhon*
	à sainte Jeanne Delanoue
	à Notre-Dame de Pietat à un chevrier (Hautes-Pyrénées)
	à Notre-Dame-de-Lumière à un paysan (Hautes Alpes)
	à Notre-Dame du Laus à Benoîte Renaud (Hautes-Alpes)
XVIIIe siècle	à Lescure (Plomb du Cantal)
	à Notre-Dame-de-Piété (à Oletta en Corse)
XIXe siècle	à Paris, rue du Bac (1830)
	à La Salette (1846)
	à Lourdes (1858)

	à Pontmain (1871)
	à Pellevoisin (1876)
XXe siècle	à Fatima (1917)
	à Beauraing (1932)
	à Banneux (1933)
	à Wigratzbad en Allemagne (1938)
	à Zeitoun près du Caire en Égypte (1968)

Quelle attitude adopter face à ces apparitions ? D'emblée, affirmons qu'elles ne font pas partie de la foi catholique, mais qu'elles sont comme des signes qui peuvent aider à se renforcer dans la foi. Le pape Benoît XIV le disait déjà au XVIIIe siècle : « À de telles révélations, même approuvées par l'Église, on ne doit pas, et on ne peut pas accorder un assentiment de foi catholique ; il faut seulement, selon les lois de la prudence, leur donner l'assentiment de la croyance humaine en tant que de telles révélations sont probables et pieusement croyables. »

En revanche, l'Église catholique pense qu'il est de sa mission d'authentifier les « apparitions » dignes d'être prises en considération. Cela ne doit pas dispenser d'une extrême prudence, comme l'affirmait Paul VI le 21 février 1973 : « L'Esprit souffle où il veut. Et nous ne l'éteindrons certainement pas, puisque saint Paul dit : "N'éteignez pas l'Esprit" (1Th 5, 19). Mais nous devons nous souvenir des autres paroles des Apôtres : "Vérifiez tout. Ce qui est bon, retenez-le" (1Tm 5, 21). Le célèbre discernement des esprits s'impose dans un domaine où l'illusion est très facile. »

Comment s'opère ce discernement des esprits ? C'est à l'évêque du lieu qu'échoit la responsabilité de mener une enquête. Le Saint-Siège, selon ce qu'il juge bon, confirme ou infirme le jugement épiscopal.

Les critères de discernement sont assez stricts : pour être reconnue, l'apparition doit être conforme à la Révélation et à la Tradition. L'évêque doit donc scrupuleusement vérifier que l'apparition ne vient pas remettre en cause la Révélation et se trouve en accord avec ce que l'Église enseigne. Il enquête également sur le comportement des visionnaires : sont-ils exaltés ? sont-ils équilibrés ? leur vie a-t-elle été changée par l'apparition ? est-elle en conformité avec le message qu'elle délivre ? Enfin, miracles, naissances de vocation et effets de conversion doivent être pris en considération, même s'ils ne constituent pas l'argument essentiel.

Les apparitions récentes obéissent strictement à ces critères et, à bien y regarder, toutes insistent sur la prière et sur la conversion au Christ.

– *À La Vang au Vietnam (1798)* : En août 1798, des chrétiens francophiles furent l'objet de persécutions au Vietnam. Ils prirent l'habitude de se réunir au pied d'un arbre, à La Vang, pour y réciter le Rosaire. Un jour, la Vierge leur apparut et les assura de sa protection. À la fin de la persécution, en 1886, une chapelle fut construite et le lieu devint un lieu de pèlerinage. Le 13 avril 1961, les évêques du Vietnam du Sud firent le vœu au Cœur immaculé de Marie de construire une vraie basilique quand les circonstances politiques le permettraient.

– *À Paris, rue du Bac (1830)* : Marie apparaît à Catherine Labouré, alors religieuse « débutante » (24 ans). Catherine fut tellement discrète que l'on ne connut cette apparition qu'après sa mort. La Vierge demanda que l'on grave une médaille, la fameuse médaille « miraculeuse », portant l'inscription « Ô Marie conçue sans péché, priez pour nous qui avons recours à vous ». C'est donc sur la prière qu'insiste cette apparition.

– *À La Salette (1846)* : Mélanie Calvat et Maximilien Giraud (15 et 11 ans) voient une Vierge plus grande que nature en robe blanche, ceinture et bas jaunes. Elle porte sur la tête une couronne radiée et pleure sur le monde. Dans une conversation qui sera longtemps restée secrète, elle annonce même – dans un style apocalyptique – les malheurs qui vont frapper la France. Mais le message – certes sévère – est un message d'amour qui appelle à la conversion : Marie invite à changer de vie devant les malheurs qui viennent.

– *À Lourdes (1858)* : Bernadette Soubirous a 14 ans lorsque la Vierge lui apparaît, à dix-huit reprises. C'est une pauvre paysanne, illettrée, et qui sait à peine le Notre Père : elle va vivre cependant ce moment avec une très grande foi et un grand sentiment de bonheur. À Lourdes, la Vierge se présente comme l'Immaculée Conception (le dogme date de 1854) et demande, là aussi, que l'on fasse pénitence ; elle guérit des maladies physiques pour inviter à la guérison spirituelle. Ce message est avant tout dirigé vers les malades et les gens de condition très modeste : l'Immaculée Conception vient au secours des pauvres. Très vite, ils afflueront en pèlerinage.

Que la Vierge se soit présentée comme l'Immaculée Conception à Bernadette est sans aucun doute un élément essentiel du message de Lourdes. Quatre ans après la « définition » du dogme, Bernadette, illettrée, ne pouvait pas connaître la signification de cette appellation que l'apparition, en quelque sorte, confirme.

Le message de la Vierge à Lourdes tient en trois mots : *pauvreté* (les pauvres et les petits sont aimés de Dieu), *prière* (individuelle et collective, centrée sur l'Eucharistie : c'est ainsi qu'il faut comprendre l'appel à construire une chapelle) et *pénitence* (la source qui offre perpétuellement de quoi se laver et boire en est le signe).

– *À Pontmain (1871)* : Eugène et Joseph Barbette ont respectivement 12 et 10 ans lorsqu'ils « voient » Marie sur le toit d'une grange de leur village. Alors que la guerre ravage le pays, elle se présente sous les traits d'une mère qui appelle à la prière et à conserver l'espérance.

– *À Pellevoisin (1876)* : le message adressé à Estelle Faguette ressemble à celui de Pontmain. Cette femme de chambre de 21 ans voit Marie porter sur elle l'insigne du Cœur de Jésus et montre le chemin vers le Christ.

– *À Fatima au Portugal (1917)* : Lucia dos Santos, Francisco Marto, Jacinta Marto (10, 9, 7 ans) sont, de tous les visionnaires de Marie, ceux qui ont vu les prodiges les plus extraordinaires (le soleil tournant devant une foule de témoins) et entendu les révélations les plus dures sur le siècle à venir. Cependant, le message de Fatima peut se résumer simplement comme un appel à la conversion et à la prière, et notamment à la récitation du chapelet.

– *À Beauraing en Belgique (1932-1933)* : ce que Marie a « dit » à Andrée Degeindre, Gilberte Degeindre et à Fernande Voisin (15, 10 et 15 ans) s'inscrit dans l'esprit de Lourdes et invite à l'amour de Dieu et à la prière.

– *À Banneux en Belgique (1933)* : Marette Béco (11 ans) voit Marie qui fait jaillir une source et promet de soulager les souffrances. Comme à La Salette, à Pontmain ou à Lourdes, Marie est la Vierge du Bon Secours, qui exhorte à l'espérance.

– *À Akita, au Japon (1973)* : une sœur, Agnès Sassagawa Katsuko, est malade depuis son enfance. Alors qu'elle avait été guérie une première fois en buvant de l'eau de Lourdes, elle devient brusquement sourde le 25 mai 1973. À partir du 12 juin 1973, et jusqu'en 1981, elle sera témoin, en priant devant une statue de la Vierge, d'épisodes extraordinaires : la statue va répandre du sang, des larmes (101 fois), du parfum de lys et de rose. Sœur Agnès d'Akita sera guérie de sa surdité le 30 mai 1982.

Elle transmet comme message un vigoureux appel de la Vierge à la conversion : « La perte de nombreuses âmes me rend triste » ; « Je demande à ta communauté de demeurer dans la pauvreté, de se sanctifier, de prier en réparation pour les ingratitudes et les outrages de tant d'hommes. »

À vrai dire, les deux apparitions qui font le plus parler d'elles sont celles de Lourdes et de Fatima. Dans l'une, ce sont les miracles qui dérangent, dans l'autre, les secrets. Faisons quelques rappels.

À Fatima, ce sont les secrets qui ont fait le plus couler d'encre. Aujourd'hui, ces secrets sont entièrement connus et commentés. Quant au message de Fatima, on peut citer la réponse du cardinal Ratzinger, le Préfet (le Président) de la commission de la doctrine de la foi, le 26 juin 2000 :

> – Question : *Ce qui surprend, c'est que les enfants ont fait l'expérience d'une vision de l'enfer. Ils ont vu la chute des « âmes des pauvres pécheurs ». Ils auraient été exposés à cet instant, et le remède qui leur est indiqué est, de façon surprenante, la dévotion au Cœur immaculé de Marie. Pouvez-vous nous expliquer le pourquoi de cette vision dramatique ?*
> – Cardinal Ratzinger : *Cœur signifie dans le langage de*

la Bible le centre de l'existence humaine, la jonction entre la raison, la volonté, le tempérament, la sensibilité, où la personne trouve son unité et son orientation intérieure, et donc « voit Dieu ». La dévotion au Cœur immaculé de Marie est donc une façon de s'approcher du comportement de ce cœur dans lequel le fiat *(le oui), que ta volonté soit faite, devient le centre qui informe toute l'existence.*

À Lourdes, ce sont les miracles qui soulèvent les interrogations. Le 11 février 1999, l'évêque de Lourdes a reconnu officiellement la 66e guérison miraculeuse ayant eu lieu à Lourdes, celle de Jean-Pierre Bely, le 9 octobre 1987. M. Bely souffrait d'une sclérose en plaques : il a vu son dossier rejoindre les 6 500 déclarations de guérison faites à Lourdes depuis 1858. Sur ces 6 500 guérisons, 2 500 ont été qualifiées d'extraordinaires par les médecins et seulement 66 ont été reconnues comme miraculeuses par les évêques de Tarbes et Lourdes. M. Bely a affirmé que sa guérison physique avait été accompagnée d'une « guérison intérieure » liée selon lui au sacrement de Réconciliation.

À vrai dire, la reconnaissance de sa guérison miraculeuse marque un changement de la pratique de l'Église : depuis 1734, l'Église exigeait que les miraculés n'aient reçu aucun traitement médical en lien avec leur infirmité ou leur maladie, avant de reconnaître le miracle. Il est évident que, de nos jours, tous les malades sont soignés... Aujourd'hui, il faut qu'une commission internationale de médecins affirme le caractère inexplicable d'une guérison pour la raison humaine. L'Église accorde, on le voit, la plus grande importance à l'avis des médecins et des experts internationaux pour authentifier les guérisons et les déclarer médicalement explicables.

Les pèlerinages

La première en chemin, Marie, tu nous entraînes
À risquer notre « oui » aux imprévus de Dieu.
Et voici qu'est semé en argile incertaine
De notre humanité, Jésus-Christ, Fils de Dieu.
Marche avec nous, Marie, sur nos chemins de foi
Ils sont chemins vers Dieu, ils sont chemins vers Dieu !

Sœur M.-C. Guédon – G. Lefebvre

Un pèlerinage est un voyage fait par dévotion vers un lieu saint. Aujourd'hui, beaucoup de pèlerinages ont pour but un lieu marial. Mais la tradition des pèlerinages est antérieure à Marie : le peuple juif est un peuple pèlerin. Abraham quitte sa terre, devient un étranger (le mot pérégriner qui est à l'origine du mot pèlerin signifie, à l'origine, s'exiler) pour chercher la terre que Dieu lui a promise. Le peuple quitte l'Égypte et parcourt le désert vers la terre promise.

Plus tard, les Juifs aimeront aller vers Jérusalem où se trouvent l'arche d'Alliance puis le temple de Dieu.

Vision d'Isaïe... au sujet de Juda et de Jérusalem...
Des peuples nombreux s'y rendront et diront :

Venez, montons à la montagne de Yahvé,
à la maison du Dieu de Jacob
qu'il nous enseigne ses voies
et que nous suivions ses sentiers.

Isaïe 2, 1-3

Marie et Joseph ont été des pèlerins de Jérusalem. L'Évangile le mentionne par deux fois, peu de temps après la naissance de Jésus et lorsqu'il eut douze ans...

Beaucoup considèrent que la montée de Jésus à Jérusalem pour sa Passion a été un long pèlerinage... et Marie l'accompagnait.

Dès le IIe siècle, l'*Épître à Diognète* décrit le chrétien comme un étranger sur cette terre, toujours en marche vers sa patrie « céleste ».

Et l'antiquité chrétienne montre des chrétiens qui veulent connaître Jérusalem : le premier pèlerin chrétien connu s'appelle Alexandre et c'est Eusèbe de Césarée (265-340) qui en parle dans son *Histoire Ecclésiastique*.

Le but des pèlerinages fut d'abord Jérusalem et les lieux où Jésus vécut et, peu après, les lieux de la sépulture des martyrs. Bientôt, les lieux de guérison devinrent aussi des lieux de pèlerinage. Ces lieux étaient souvent des sanctuaires mariaux.

Le plus ancien – en tout cas on peut le supposer – est le sanctuaire de Notre-Dame du Puy avec sa célèbre vierge noire. La légende raconte qu'une veuve, Vila, en 47 (*sic* !) se rendit sur le mont Anis où se trouvait une pierre plate à laquelle on prêtait la vertu de guérir les fièvres. Vila s'endormit sur le dolmen et vit la souveraine du monde, la Vierge Marie, la Mère du Dieu tout-puissant lui indiquer qu'elle plaçait ce lieu sous sa protection.

La légende est invraisemblable. Ce qui est certain, en revanche, c'est qu'un sanctuaire a été érigé par Scutarius (415-630) : ce sanctuaire renfermait un dolmen provenant d'un culte païen. Il est probable que l'évêque, pour « convertir » le culte païen, avait utilisé la légende et fait de Marie une sainte protectrice et guérisseuse.

En tout cas, le Puy devint un but de pèlerinage. Plus tard, la basilique reçut une vierge noire et sa célébrité devint très grande. Le pèlerinage atteint des sommets lorsque la date du vendredi saint est un 25 mars, jour de l'Annonciation.

Les pèlerinages à la Vierge qui guérit se sont multipliés au cours des siècles. Citons Lourdes (1858) et Pellevoisin pour ne parler que la France. Mais la Vierge a suscité des pèlerinages pour bien d'autres raisons et sous bien d'autres vocables : à Cotignac (1519) ou rue du Bac (la médaille miraculeuse, 1830), elle est celle qui protège les faibles.

Si l'on quitte un instant la France, Notre-Dame de Guadalupe est aussi la protectrice des faibles (Mexico, 1531). L'apparition de Notre-Dame à Guadalupe (près de Mexico), du samedi 9 au mardi 12 décembre 1531, est l'un des événements majeurs de l'histoire de l'humanité.

Marie se présente comme une métisse et va à la rencontre d'un Indien, Juan Diego, venant par là même manifester la dignité humaine de ceux que trop de conquistadors prenaient pour des sous-hommes.

Le cœur de son message est simple : « N'aie pas peur... Ne suis-je pas là, moi qui suis ta mère ? N'es-tu pas sous ma protection ?... Ne sois pas malheureux ou troublé par quoi que ce soit. »

Jean-Paul II a voulu que la fête de Notre-Dame-de-Guadalupe soit fêtée par toutes les Amériques le 12 décembre de chaque année.

L'Église cherche à protéger les fidèles contre les charlatans. Aussi prend-elle son temps avant de reconnaître un pèlerinage. Elle commence généralement par autoriser un pèlerinage et le culte public par un décret de l'évêque local. Dans un second temps, elle peut reconnaître que, dans un lieu, les faits à l'origine du pèlerinage ont un caractère surnaturel. C'est le cas, bien sûr, des apparitions de la Vierge qui délivre toujours un message aux croyants : aux Trois-Épis (1491), elle enseigne ; à la Salette (1846) elle pleure devant les malheurs qui toucheront le monde si l'on n'entend pas ses appels à la conversion. À Pontmain, elle est la reine qui fait renaître l'espérance (1871). Rappelons qu'à Fatima (1917), Marie se présente comme Notre-Dame du Rosaire... Et il est vrai que dans la plupart des pèlerinages à la Vierge, le Rosaire est la prière favorite des pèlerins.

En France, le dernier décret d'autorisation d'un pèlerinage est celui pris par Monseigneur Vingt-Trois, le 8 décembre 2001, pour l'Île Bouchard.

> *Depuis 1947, de nombreux catholiques viennent en pèlerinage à l'église paroissiale Saint-Gilles de l'Île Bouchard pour y vénérer la Vierge Marie. Ces pèlerinages ont porté de nombreux fruits de grâce. Sans jamais céder à l'attrait du sensationnel, ils développent un esprit de prière et contribuent à la foi des participants.*
> *Après avoir soigneusement étudié les faits et pris conseil des personnes compétentes, j'autorise ces pèlerinages et le culte public célébré en l'église paroissiale Saint-Gilles de l'Île Bouchard pour invoquer Notre-Dame-de-la-prière, sous la responsabilité pastorale du curé légitime de cette paroisse.*
>
> Mgr Vingt-Trois, le 8 décembre 2001

Les vierges noires

Il existe en France environ deux cents statues anciennes de vierges noires : le plus souvent, la Vierge est représentée assise sur un trône et formant siège pour l'enfant Jésus dans la posture appelée *Sedes Sapientiæ* (le Trône de la Sagesse) ; ce sont des vierges « en majesté ». Ces images ne sont pas propres à la France – on en trouve également à Hildesheim (Allemagne), Montserrat (Catalogne, Espagne) ou à Czestochowa (Pologne) – mais la France en détient le plus grand nombre, particulièrement en Auvergne, Languedoc, Roussillon, Pyrénées, Bourgogne et Val de Loire. Les plus célèbres sont celles de Chartres, Clermont-Ferrand, Le Puy, Murat, Noves, Gervazy, Montvianeix, Meymac, La Délivrande, Marsat, Vassivière et Font-Romeu.

La raison de l'existence de ces vierges noires est largement inconnue !

Certaines de ces vierges « noires » ne l'étaient pas été à l'origine : la fumée des cierges, le vieillissement du bois, la peinture des restaurateurs expliquent leur couleur actuelle. Ainsi en 1945, à Dijon, une restauration de la statue de Notre-Dame-du-Bon-Espoir permit de découvrir ses couleurs d'origine, qui la faisaient ressembler à la très grande majorité des Vierges occidentales : une jeune femme au teint rose et aux yeux bleus (et ce, contre toute vraisemblance historique).

Mais la plupart des statues ne sont pas noires par accident : elles ont été peintes volontairement en noir (quelquefois relativement récemment, vers 1830) ou bien sont sculptées dans un bois sombre. Or, il n'existe pas de Christ noir en France ! Il faut donc trouver une autre explication.

Pour certains, ces vierges noires sont une « christianisation » d'anciens cultes païens. Ainsi, à Chartres, les Carnutes vénéraient, avant la venue du christianisme, une « vierge enceinte » (*virgo paritura*) à côté d'un puits. Les statues de déesses mères gauloises trouvées lors de fouilles font penser au culte de Belisance, une déesse gauloise de la fécondité.

Dans d'autres cas, on peut conjecturer un pouvoir guérisseur. En effet, la majorité des vierges noires datent du XIe ou du XIIe siècle, elles ont été retrouvées lors d'un labour, à proximité d'une source ou d'un puits miraculeux dont l'eau guérissait de la cécité ou purifiait du parjure. On peut donc supposer que la vertu de ces vierges noires était de guérir de l'obscurité : obscurité physique de la cécité ou obscurité spirituelle de l'aveuglement moral.

Enfin, dans la majorité des cas, on peut suspecter une pieuse manœuvre. Beaucoup de vierges noires semblent avoir été sculptées pour amener à Marie ce qui restait de la dévotion populaire à Diane, la déesse grecque de la nuit, souvent assimilée à Annis, une divinité celte, ou à Cybèle, déesse-mère de la terre et de la fécondité. Comme par hasard, les bénédictins, qui semblent avoir fait connaître ces vierges noires, parlaient de Marie comme d'une mère et évoquaient l'image de la lune dont l'éclat provient du soleil comme celui de Marie vient du Christ.

Voici quelques vierges noires parmi tant d'autres...

L'icône de Czestochowa

Drôle d'icône que celle de la Vierge de Czestochowa en Pologne. On n'en sait rien d'assuré avant 1420 : Jan Dlugosz, un écrivain polonais, né en 1414, affirme l'avoir vénérée dans son enfance. Mais quc d'histoires !

On raconte qu'elle fut peinte par saint Luc tandis que la Vierge posait : comme support, il aurait même utilisé le bois de la table de la Sainte Famille. Elle aurait ensuite appartenu à Constantin, premier empereur romain chrétien, puis elle aurait été emmenée en Russie. Un Hongrois, Ladislas, l'y aurait retrouvé : le voilà qui veut la ramener chez lui. Mais, au cours du voyage, les chevaux refusent de bouger. L'icône reste là où elle est, à un endroit qui était sous domination russe.

En 1382, un couvent est construit à Czestochowa. Au XVe siècle, des brigands le pillent et profanent l'icône : ils lui donnent deux coups de glaive qui la brisent en trois morceaux. Heureusement, ils l'abandonnent sur place, où elle est retrouvée et réparée.

Au long des siècles, le pèlerinage de Czestochowa devint de plus en plus populaire. Mais c'est la période communiste qui lui donna sa stature nouvelle : dans un monde totalitaire, Czestochowa symbolisait l'identité polonaise et la résistance à la dictature. Le 26 août 1956, le primat de Pologne, le cardinal Wyszynski, alors en résidence surveillée, y fit lire l'acte de proclamation de la royauté de Marie sur la Pologne : la vraie reine de la Pologne, c'est Marie, voulait-il affirmer, et non la dictature du prolétariat voulue par Moscou.

En 1991, les Journées mondiales de la jeunesse qui y furent célébrées consacrèrent la chute du Mur : 1 500 000 jeunes s'y rassemblèrent, dont des dizaines de milliers de Russes qui manifestaient, par leur présence, la fin de la dictature communiste.

La vierge noire du monastère Namaesti (Roumanie)

Un soir qu'un berger gardait ses moutons, il s'approcha d'une grande pierre pour y trouver refuge. Il s'installa au pied de la roche pour la nuit, entouré de ses moutons. Au cours de son sommeil, la Vierge lui apparut et lui dit :

« Réveille-toi et creuse l'endroit où tu reposes : tu trouveras une icône dans une chapelle de pierre. Tu construiras une église en mémoire de moi et à ma gloire car je suis la source de Vie. »

Aujourd'hui, cette chapelle, connue depuis 1503, est le lieu d'une dévotion à la Sainte Vierge qui ne s'est jamais démentie. L'icône que les pèlerins vont voir est très ancienne et on prétend qu'elle ferait partie des douze icônes peintes par saint Luc. Celle-ci aurait été donnée à saint André, qui se serait arrêté en ce lieu, aurait trouvé la grotte vide et aurait dit « *Nemo est hic* (il n'y a personne ici) » : c'est l'origine du nom du village, Namaesti.

CHAPITRE VI

Petite histoire de la spiritualité mariale

Ce dernier chapitre est comme une conclusion de l'ouvrage, qui reprend de nombreux éléments présents tout au long des chapitres qui précèdent. Ils sont ici mis en perspective historique et ordonnés en une narration qui donne sens à la lente progression de la théologie et de la dévotion mariale.

La théologie progresse et, comme celle des autres constituants de la Révélation, la compréhension du rôle de Marie prend le temps de l'histoire des hommes pour aboutir pleinement. De cette lente maturation, l'art est le témoin.

« Dieu nul ne l'a jamais vu. »
L'interdiction des images de Dieu dans le monothéisme semble aller de soi : on ne peut pas représenter celui qui est au-delà de tout.
La foi chrétienne est évidemment d'accord là-dessus.

Le paradoxe chrétien est que ce Dieu que nul n'a jamais vu, « le Fils qui est dans le sein du Père lui, l'a révélé ». « Le Verbe s'est fait chair », pour dire le paradoxe d'une autre manière. Le Dieu absent du monde où il ne se rend présent que par l'homme fait à son image, devient présent – et peut être considéré – partie de l'image de l'homme. Tout l'art chrétien consiste à faire comprendre ce paradoxe... qui probablement ne se manifeste jamais avec autant d'éclat que dans les annonciations où le sujet même de l'œuvre d'art (le Verbe incarné, le Christ) est absent du tableau.

LES DÉBUTS DE L'HISTOIRE MARIALE (Ier-IVe SIÈCLES)

Au début de l'histoire du christianisme, le silence sur Marie est presque total. Rappelons que la première mention de Marie dans le Nouveau Testament se trouve dans un bref passage de l'épître aux Galates et que la Vierge ne figure pas dans les premières annonces de la foi ni dans les premières professions de foi. Marc ne cite son nom qu'une seule fois. Certes Matthieu et surtout Luc et Jean lui accordent une place particulière mais, après la Pentecôte, elle disparaît de la scène des Actes des Apôtres. Quant aux apocryphes, pour autant que l'on puisse en juger, ils en parlent très peu et, s'ils en parlent, ils ne le font que pour comprendre l'identité du Christ.

Marie n'entre dans l'histoire de la théologie qu'à partir du IIe siècle. Ceux qui la mettent en avant sont pris entre deux feux. D'une part, ils ne veulent pas que l'on assimile le Christ aux dieux méditerranéens ni que l'on prenne

Marie pour une déesse ou la femme d'un dieu. D'autre part, ils entendent affirmer que Jésus n'avait rien d'un pur esprit ou d'une représentation mentale : ils veulent insister sur son humanité. De celle-ci, l'existence de sa mère, Marie, constitue un élément de preuve déterminant.

Les débats se focalisent donc sur la virginité de Marie qui permet d'affirmer à la fois la réalité de la nature humaine du Christ, mais aussi l'évidence de sa nature divine. Dès 110, saint Ignace d'Antioche, qui doit combattre une hérésie « docète », c'est-à-dire une pensée dissidente prétendant que le Christ, vrai Dieu, aurait « fait semblant » de venir sur terre et de mourir en croix, parle déjà de la « femme vierge ». Saint Justin Martyr († 165) parle quant à lui de « la Vierge ».

En même temps, les théologiens chrétiens définissent la place de la Vierge dans l'histoire du salut.

Saint Irénée de Lyon († 202) en parle déjà comme la *causa salutis*, la cause du salut : par la nouvelle Alliance, Dieu permet que les hommes « recommencent » l'histoire mais en partant sur des bases non viciées par le péché. Ainsi Marie devient la nouvelle Ève : alors que la première femme avait dit non à Dieu et avait pris son autonomie en lui désobéissant, Marie prend sa véritable dimension en lui obéissant, en lui disant oui. La « vierge désobéissante » contrecarre les plans de Dieu, tandis que la « vierge obéissante » devient « cause » du nouveau plan de salut de Dieu.

Marie devient alors l'objet d'une dévotion populaire,

surtout en Orient, dévotion soutenue par le développement d'une littérature hagiographique. En Occident, elle apparaît bien timidement dans certaines représentations des catacombes (comme celle de Priscille), toujours en association avec son fils, figuré comme le Messie. Naît alors un discours souvent extrême sur la virginité et sa valeur comme chemin privilégié d'union avec Dieu. Ce discours a pour origine l'influence de la « gnose » une hérésie de l'époque, qui n'admettait que le célibat pour les chrétiens, mais aussi sous l'impulsion de certaines femmes qui, dans la virginité, trouvaient un moyen d'échapper aux contraintes familiales qui pesaient sur elles.

Peu à peu la liturgie et la poésie mariale se développent : des premières hymnes, comme le *Sub Tuum Præsidium,* des premières liturgies, des premières poésies enfin comme celles de saint Éphrem (306-373) qui est le premier à dire le lien entre Marie et Jésus, tellement fort que tout ce qui concerne l'un concerne l'autre.

MARIE, MÈRE DE DIEU ET IMPÉRATRICE (Ve-VIIIe SIÈCLES)

Au cours du IIIe siècle – en particulier grâce à Origène († 254) – se développe la dénomination de Marie comme « Mère de Dieu » : c'est la preuve que la Vierge prend une place centrale dans le discours chrétien. Cette question divise les chrétiens : Arius (250-336) refuse de considérer que le Christ est Dieu dès sa conception, et dès lors, il refuse d'appeler Marie « Mère de Dieu ». La querelle s'envenime jusqu'au IVe siècle : saint Cyrille, patriarche d'Alexandrie († 444), s'oppose alors violemment à Nestorius († après 450), patriarche de Constantinople. C'est finalement la tendance menée par Cyrille qui triomphe : au cours du concile d'Éphèse (431), Nestorius est déposé et les Pères conciliaires adoptent le titre de *Theotokos*, « Celle qui a porté Dieu ». Pour célébrer le nouveau dogme, le pape Libère (352-366) érige une nouvelle basilique, Sainte-Marie-Majeure, qui affirme somptueusement dans son cycle de fresque que Marie engendre bien Dieu : parée comme une impératrice, elle présente son enfant marqué de l'auréole divine à l'adoration des chrétiens invités à y reconnaître leur Dieu.

C'est à cette époque que naissent des représentations de Marie qui porte sur ses genoux non pas un enfant, mais bien le Seigneur lui-même : un petit homme les yeux ouverts, esquissant le geste de bénédiction qui convient non pas à un homme, mais à un Dieu. Les statues de vierges assises (« trône de la sagesse ») tenant Jésus debout ou les icônes dites *hogiditria* (voir ci-dessous, p. 167) témoignent de cette théologie.

La montée de la présence de Marie dans la pensée chrétienne se poursuit. Saint Ambroise de Milan voit dans la Vierge une personnification de l'Église : « Il fallait, en effet, que notre chef, par un miracle insigne, naquît selon la chair d'une vierge, pour signifier que ses membres naîtraient selon l'esprit de cette autre vierge qui est l'Église » (*De la Sainte Virginité*). Avec Augustin, Ambroise voit en Marie un modèle de virginité, et même de virginité perpétuelle.

Ainsi, avec la conversion de l'empereur Constantin et l'entrée du christianisme dans l'organisation de l'Empire, Marie prend la place d'une reine. Elle siège en majesté dans l'abside de la propre église de l'empereur de Constantinople, Sainte-Sophie (VIe siècle) : assise sur le trône, elle accueille les empereurs Justinien, qui lui présente l'église Sainte-Sophie, et Constantin, qui présente la ville de Constantinople ; autour d'elle, son titre de noblesse en grec abrégé MR TU (pour Mhthr Teou), Mère de Dieu. Marie s'élève au-dessus de l'empereur lui-même, elle est la véritable impératrice.

Cette image devient de plus en plus importante au fur et à mesure que l'humanité du Christ s'estompe dans les esprits au profit de sa divinité. Presque naturellement, Marie va être le lien du Christ avec son humanité, et parfois même, l'intermédiaire avec un Christ uniquement perçu comme Dieu. Petit à petit, le texte d'Apocalypse 12 fait voir en elle une femme glorifiée dans le ciel, qui, quelquefois prend des attributs qui sont normalement ceux du Christ. En Orient, l'hymne acathiste semble avoir été composé pour exprimer la foi du peuple de Constantinople et sa reconnaissance d'avoir été sauvé de l'invasion des Slaves et des Avars (626).

Même si l'Occident est marqué par une exubérance de l'iconographie mariale, la crise iconoclaste (la querelle sur ce que peuvent représenter les images) apporte à l'Orient une vraie clarification et oblige les théologiens à réfléchir au culte voué à Marie en le distinguant du culte d'adoration à Dieu. Trois thèmes se dégagent dans la peinture, que l'on retrouvera dans les icônes, jusqu'à nos jours.

– *La Nativité.* La crèche ressemble souvent à un autel ou un tombeau. Jésus est au-dessus de sa mère. Marie est couchée mais ne le touche pas.

– *L'Adoration des mages.* Marie sert de trône à son fils qui est assis dans une posture royale. Les rois mages se ressemblent.

– L*a Vierge à l'Enfant.* Elle est en majesté et présente son fils à l'adoration. C'est de loin la plus représentée, et dans les icônes orientales, elle représente une véritable théologie en image.

Les icônes de la Vierge à l'Enfant

On distingue plusieurs types d'icônes de la Vierge à l'Enfant.

– *Hogiditria* (celle qui montre le chemin). C'est l'icône la plus digne, car selon la légende, elle fut peinte par saint Luc. Marie porte un voile à trois étoiles pour montrer sa virginité. Le Christ est représenté comme un petit adulte qui bénit le contemplateur. Marie le désigne d'un geste de la main, comme pour dire, comme à Cana : « Faites tout ce qu'il vous dira », ou bien : « Regardez le, lui, et non pas moi. » Il s'agit d'une représentation du dogme de la *Theotokos* : cet enfant qui nous bénit est bien Dieu.

– *Eleousa* (vierge de tendresse). Marie incline sa tête en direction de Jésus mais nous regarde. Les visages de l'enfant et de sa mère se touchent, et, souvent, Jésus esquisse un geste en direction de sa mère. L'icône démontre la maternité physique de Marie.

– *Blachernitissa* (du nom d'un sanctuaire marial à Constantinople, ou « vierge orante »). La Mère de Dieu face au fidèle se tient dans l'ancienne attitude de la prière (retrouvée lorsque l'on dit le Notre Père) : mains écartées, paumes levées vers le ciel. Sur sa poitrine, le Christ est représenté dans un cercle, qui symbolise son ventre. Il s'agit de l'icône de l'Incarnation, qui représente le fils dans le ventre de sa mère. Parfois, Marie a les mains levées et semble plus grande que les cieux, on parle alors de vierge *platytera*.

– *Kyriotissa* (vierge en majesté) : Marie est assise avec l'enfant sur ses genoux. Des anges ou des servants adorent l'Enfant Jésus. Parfois, la Vierge est debout, dans une position majestueuse et présente son enfant à l'adoration des fidèles en le tenant à deux mains (vierge *nikopeia*).

Fort de ces remarques, on caractérisera ainsi la vierge de Vladimir d'*eleousa*, la vierge de Kiev de *platytera*, la vierge de Czestochowa d'*hogiditria*.

La Dormition (koimêsis)

La Dormition représente Marie allongée sur un lit couvert de rouge (le même que celui de la Nativité), entourée des Apôtres. Derrière elle, le Christ tient un petit enfant emmailloté de blanc, qui symbolise l'âme de Marie.

En Occident, des théologiens comme Ambroise Autpert

(† 784) et surtout Paschase Radbert († 860) approfondissent la royauté de Marie, mais aussi tous les aspects de la théologie mariale. Nous sommes au temps des « premières ». Bède le Vénérable († 735) écrit le premier sermon uniquement dédié à la Vierge Marie et Alcuin († 804), l'érudit familier de Charlemagne, dédicace la cathédrale d'Aix-la-Chapelle (capitale de l'empire carolingien) à Marie et institue une messe mariale fixée le samedi.

NOTRE-DAME (IXe-XVe SIÈCLES)

La place de Marie est centrale au Moyen Âge, les cathédrales nous le rappellent. Les États n'existent pas encore ; l'Europe se constitue par les pèlerinages et les moines. Tous font de Marie leur idéal. Marie a une place centrale, mais le paganisme demeure souvent sous-jacent à la dévotion populaire ; souvent, les moines cherchent à remplacer le culte dû aux anciennes déesses par le culte de Marie (comme on l'a vu pour les vierges noires). La manière dont on regarde Marie va s'en trouver bouleversée : d'impératrice, la voilà protectrice, elle est « Notre-Dame ».

Le mot français dame vient du latin *domina*, qui signifie maîtresse. Comme le mot madame, il était à l'origine réservé aux femmes de noble origine, de même que sieur (contraction de seigneur) et monsieur l'étaient aux hommes de cette condition. Le terme de Notre-Dame appliqué à la Vierge Marie apparaît en France au XIIe siècle ; ce n'est pas un hasard s'il est contemporain de la naissance de l'amour courtois et du culte de la femme (une femme volontiers idéalisée), eux-mêmes tout droit issus de l'esprit de la chevalerie. La femme est alors volontiers conçue comme initiatrice de la religion, conception qu'on retrouvera par exemple dans la figure de Béatrice chez Dante (XIIIe-XIVe siècles). La pensée sur la Vierge, assez intellectualisée par Byzance, prend alors un tour plus affectif ; Notre-Dame est une reine en majesté qui, auprès du Seigneur de justice, son fils, représente la puissance suprême d'intervention.

L'expression « Notre-Dame » est par elle-même très significative de ce culte imprégné de respect, de confiance, d'affection ; le « Notre » souligne que la Vierge est la protectrice de tout le peuple chrétien.

La place donnée par la ferveur populaire à Notre-Dame va se manifester de multiples façons, et ce jusqu'à nos jours : quelle ville ne lui dédiera pas une église, et souvent sa cathédrale ? Pèlerinages (Chartres, Le Puy, Lourdes...), sculpture et peinture, littérature (*Miracles Notre-Dame*), ordres de chevalerie, ordres religieux, noms de ville, exprimeront cette ferveur. La peinture et la sculpture mettront en évidence l'idéalisation de la femme et de la mère en Notre-Dame et, surtout aux XIIe et XIIIe siècles, dans une note de ferveur toute spirituelle. Le culte de Notre-Dame se répandra partout dans le monde chrétien, restant toujours une forme de piété très proche des mentalités populaires (Notre-Dame-de-la-Garde à Marseille, la Bonne Mère ; Notre-Dame de Lourdes ; Notre-Dame de Guadalupe, etc.).

L'époque médiévale est aussi celle des grands théologiens, qui posent trois questions à propos de Marie ; ces questions connaîtront des développements jusqu'aux XIXe et XXe siècles :

– Marie est-elle née sans péché ? Le concile de Bâle (1431-1449) finira par l'affirmer : même si ce n'est pas un concile œcuménique, il reflète alors la foi commune.

– Qu'est devenue Marie après sa mort ? C'est la question de la présence de son corps « au ciel », et donc de l'Assomption.

– Quelle est l'influence de Marie sur la vie des croyants : peut-elle être considérée comme médiatrice ?

Le premier de ces grands théologiens est saint Anselme de Cantorbéry († 1109). Il est le premier à appeler Marie « Notre-Dame », lui donnant par là un titre féodal. Pour lui, la tendresse entre Marie et son Fils existe à l'évidence sur la terre et au ciel. Il fait de Marie la mère de tout ce qui est recréé par le Christ : de toute l'Église, mais aussi de toute la création. Pour Anselme, la maternité de Marie l'associe à la libération de l'homme par le Christ.

Puis vient saint Bernard (1090-1153), le chantre le plus connu de l'amour dc la Vierge Marie. Austère, exigeant au nom de la vérité, ce moine a influencé très largement la dévotion à Marie. Adversaire très acharné de l'Immaculée Conception au nom de sa lecture de la Bible, il fut le propagateur de l'idée que Marie fut une mère pleine de tendresse et qu'elle était médiatrice de l'amour de Dieu. D'une certaine manière, pour Bernard, Marie est encore moins que cela : elle est davantage sœur des croyants que mère ; elle les précède humblement pour montrer la route de la foi. Opposé aux fastes et au pouvoir, il voit en Marie un exemple de service. Appelant à la deuxième croisade (1146 à Vézelay), il relaie ce que fit Urbain II pour la première : il place la croisade sous la protection de Marie et promet la rémission des péchés pour ceux qui combattront les infidèles, mais également pour ceux qui prieront pour la victoire lors des messes mariales du samedi.

Saint Bernard connut beaucoup d'émules, notamment des femmes. Les grandes dames de son époque virent en Marie une « dame » qui pourrait être leur modèle, tandis que les religieuses prenaient sa virginité pour le modèle de l'humanité. La grande mystique Hildegarde de Bingen (1098-1179) composa de nombreux chants qui placent Marie au centre du dessein de Dieu. L'Incarnation a tellement d'importance pour la sainte qu'elle affirme qu'elle aurait eu lieu même si le péché n'avait pas existé ; le « oui » de Marie serait donc plus important que la croix.

L'art nous révèle cette époque sentimentale, mais jamais mièvre, confrontée à de nombreux bouleversements. Marie est au pied de la croix mais ne pleure pas ; souvent présentée comme le trône de la sagesse du Christ, Marie montre une humanité alliée à Dieu dans une harmonie parfaite. Les trois thèmes de l'époque précédente perdurent en se modifiant.

– *La Nativité*. Elle est désormais située dans un paysage,

pour montrer son insertion dans la vie des hommes, Jésus est souvent à même le sol, Marie est à genoux et prie, Joseph est proche. Ces nativités insistent sur l'humilité de Marie et l'importance de la vie familiale.

– *L'Adoration des mages*. Les trois rois mages représentent les trois âges de la vie et portent leurs offrandes dans des vases liturgiques.

– *La Vierge à l'Enfant*. Gracieuse, jeune, elle regarde son enfant qu'elle va bientôt porter sur la hanche. Désormais, Marie est représentée comme une femme. Elle n'est plus rigide, figée, mais s'humanise. Elle en vient même à offrir le sein à son fils, qui n'est plus représenté comme un homme en miniature mais comme un véritable enfant. Figure de simplicité, la Vierge peut parfois être représentée assise dans un jardin, au milieu des fleurs : elle devient vierge d'humilité.

Parallèlement, d'autres représentations naissent. L'assomption de Marie au ciel se traduit par l'image du couronnement de la Vierge. Au ciel, assise sur un trône dans une posture qui rappelle l'Annonciation, comme dans les tableaux de Fra Angelico, elle reçoit de son fils la couronne de sa nouvelle dignité. Son rôle intercesseur se transcrit par l'effigie de la vierge au manteau : mère de tous les hommes qui se placent sous sa protection, elle couvre chacun des pans de son manteau pour dire l'efficacité de son appui.

Ce tableau du Moyen Âge ne serait pas complet sans

parler de l'importance des pèlerinages et des dévotions. Pour parler de leurs petits ou de leurs grands tracas, les gens de l'époque préfèrent s'adresser à Marie plutôt qu'au Christ. Notre-Dame devient Notre-Dame-des-Miracles : au Puy, à Chartres, à Laon, à Soissons, à Rocamadour, à Orcival, des milliers de pèlerins se pressent pour se confier à l'intercession de Marie. Les aveugles voient, les boiteux marchent, les muets parlent... grâce à Marie. Elle protège des fièvres, de la gale, de la peste, des tempêtes, des orages, de la foudre, du feu, des brigands, des périls, du mauvais sort ; elle préserve du malheur. Et chacun de raconter comment il a été sauvé, chacun de se redire ses prodiges. Même les rois de France se placent sous la protection de Notre-Dame.

Les rois de France et Notre-Dame

Beaucoup de rois de France eurent une dévotion connue pour Notre-Dame.

Robert le Pieux passe, quelquefois, pour être l'auteur d'un très fameux chant à la Vierge, l'*Ave Maria Stella.*

Louis VII ordonne de vendre, à sa mort, ses bijoux pour fonder une abbaye : ce sera Notre-Dame de Royaumont.

Saint Louis, partant en croisade, confie le royaume à Notre-Dame de Pontoise.

Louis XI, fervent de l'Angélus, ordonne à tous les Français de réciter chaque jour trois *Ave Maria.*

Henri II, reprenant Boulogne aux Anglais, offre une vierge en argent massif.

À la fin du Moyen Âge une spiritualité nouvelle, que l'on a appelée la *devotio moderna*, naît dans l'Église : elle prépare l'humanisme. Avec saint François d'Assise, elle insiste sur la sensibilité, la souffrance, la douleur. La vierge d'humanité se transforme en vierge de souffrance. Elle n'est plus le trône de la sagesse, mais une jeune mère qui, à l'image des hommes et des femmes du XVe siècle, s'obsède de la mort. Marie devient la vierge des douleurs, qui contemple dans les *Pietà*, le cadavre meurtri de son fils au pied de la Croix. La prophétie de Syméon, « un glaive te percera le cœur » est prise parfois avec un sérieux outrancier. Tous chantent le *Stabat Mater* de Jacopone di Todi qui peint la mère douloureuse au pied de la croix où pend son fils et exprime le vœu de s'associer à ses douleurs. La dévotion aux Sept Douleurs de Marie (prophétie de Syméon, massacre des Innocents, Jésus perdu à Jérusalem, arrestation de Jésus, crucifixion de Jésus, descente de Croix, ensevelissement au tombeau) prend une intensité terrible, à laquelle les douleurs du temps, la peste et les famines de la fin du Moyen Âge ne sont certainement pas étrangères.

RÉFORME ET CONTRE-RÉFORME (XVIe-XVIIIe SIÈCLES)

Les XVIe-XVIIIe siècles voient le bouleversement total du monde. Un Nouveau Monde est découvert, avec rapidement, la naissance d'une dévotion particulière dans le continent américain à Notre-Dame de Guadalupe, après les apparitions de la Vierge à Juan Diego, un jeune Indien, le 9 septembre 1531. La Réforme rompt l'amitié dans la Chrétienté. L'invention et la diffusion de l'imprimerie bouleversent la culture.

Les trois thèmes traditionnels de la peinture s'en trouvent modifiés :

– *La Nativité.* L'humanisme remodèle la Nativité. Marie est rejointe par Joseph dans l'adoration. Les auréoles sont supprimées. Le décor devient de plus en plus réaliste : les costumes sont de l'époque du peintre. On revient donc à une représentation du vraisemblable et du contemporain.

– *L'Adoration des mages.* Les grandes découvertes retouchent le visage des rois mages : les voilà maintenant de race différentes ; ils symbolisent les nouvelles terres de mission.

– *La Vierge à l'Enfant.* L'humanisme, encore lui, en accroît le symbolisme : Jésus porte désormais un livre et une grappe de raisin.

Mais surtout, la diffusion de l'imprimerie et la Réforme rendent à la Bible une place primordiale : les sujets varient, on représente désormais toutes les scènes bibliques en cherchant l'exactitude des détails.

La Réforme

Les ruptures du protestantisme (la Réforme) n'ont pas Marie pour objet. Bien vite cependant, la Vierge devient le symbole de cette rupture. À vrai dire, les choses commencent déjà avec Érasme (1469-1536), l'un des plus grands intellectuels de la Renaissance. Malgré une authentique dévotion à Marie – ou sans doute à cause d'elle –, il dénonce avec ironie les excès des pèlerinages à la Vierge, et en particulier celui de Walsingham en Angleterre où une maison de la Vierge a été bâtie en 1091, ainsi que l'abus des demandes d'intercession adressées à Marie. Il faut dire que, vers 1500, un *Ave Maria* équivaut à 400 années d'indulgence ! Catholiques et protestants rejetèrent les excès dénoncés par Érasme.

Martin Luther († 1564) est lui aussi un dévot de la Vierge Marie, et il fonde une véritable théologie de la Vierge. S'il affirme que le Christ doit toujours passer en premier, et s'il centre le rôle de Marie sur la maternité physique, il voit en elle une figure de l'Église, humble et proche de la Croix. Elle est pour lui « mère de l'Église, cette Église dont elle est le membre le plus éminent. » S'il refuse de poser la question, pour lui inutile, de l'Immaculée Conception, il est sûr de la présence de Marie au ciel et il demande qu'on la vénère pour avoir accueilli Dieu. Pour Luther, toute louange de Marie mène à la louange de Dieu.

D'autres réformateurs, comme Melanchton et Zwingli († 1532), conservent à Marie une place importante : ce n'est qu'avec Calvin († 1546) que l'on assiste à une diminution théologique du rôle de la Vierge, même si le réformateur de Genève croit en sa virginité avant et après la naissance de Jésus, et voit en Marie une formatrice et une enseignante du salut et de la foi, grâce à la motion de l'Esprit Saint.

La Contre-Réforme

Face à ces attaques, la réaction des catholiques est complexe et nuancée.

Le mouvement de fond initié par la *devotio moderna* se poursuit dans une découverte sans cesse approfondie du rôle de la conscience dans la foi. Marie incarne cette prise de conscience individuelle de soi-même. Petit à petit, la dévotion se centre sur ce qu'éprouve Marie lors de la nativité, de la mort et de la résurrection du Christ. Au XVIe siècle, saint Ignace de Loyola ou sainte Thérèse d'Avila font place à celle qui – selon un mot de saint Jean de la Croix – « porte la Parole de Dieu ». Le XVIIe siècle exprimera en prière et en culte ce que le XVe siècle avait déjà traduit par l'art : « Jésus vivant en Marie » (M. Olier, fondateur des Prêtres de Saint-Sulpice) ou Jésus vivant « dans son Cœur » (saint Jean Eudes). Pour ce courant catholique, la Parole de Dieu est tout aussi centrale que pour les protestants, mais elle est honorée dans la mise en valeur de la personne de Marie. Imiter cette vertu de Marie devient le thème central de la spiritualité qui engage aussi bien prêtres que laïcs (avec la pratique de l'oblation à Marie). Pierre de Bérulle († 1629) introduit dans sa congrégation, l'Oratoire, le vœu de servitude à la Vierge, tandis que saint François de Sales († 1622) et sainte Jeanne de Chantal († 1641) fondent les Visitandines, les religieuses de la Visitation Sainte-Marie. Saint Jean Eudes († 1680) consacre les prêtres au cœur de Jésus et de Marie.

Marie, protectrice de la Chrétienté

Sous l'impulsion de la papauté, Marie se transforme en figure de combat contre les Turcs (qui menacent la Chrétienté depuis la prise de Constantinople en 1453) et contre les protestants. Après la victoire de Lépante (7 octobre 1571), le pape Pie V ordonne la création d'une fête de Notre-Dame-de-la-Victoire (instituée en 1573) et favorise officiellement le Rosaire, une prière clairement mariale puisqu'on n'y médite pas la vie publique du Christ mais ce que Marie vit de la vie de son Fils. Bientôt, ce sentiment marial trouve à s'exprimer dans la dévotion à Notre-Dame de Lorette : la maison de Nazareth, transportée par les airs à Lorette en Italie selon l'histoire de la Santa Casa écrite en 1572, abrite une statue miraculeuse qui s'impose comme un modèle aussi bien liturgique (avec les Litanies de Lorette, approuvées en 1587 par Sixte V), qu'iconographique, théologique et politique.

Aux XVIe et XVIIe siècles, les rois se placent toujours sous la protection de Notre-Dame. Le 25 mars 1646, Marie devient patronne du Portugal. En France, Henri IV lui demande de protéger son armée. Louis XIII, pour la remercier de ses succès, fonde à Paris l'église de Notre-Dame-des-Victoires. Et, en 1635, alors que la menace se fait forte sur le royaume, il voue la France à Marie (dans une chapelle près d'Abbeville). N'ayant pas d'enfant, il fait le vœu, dûment enregistré au Parlement (10 décembre 1637), de donner son royaume à Marie s'il a un héritier. Sa femme devient enceinte et pour demander que l'enfant soit un garçon, le 15 février 1638, le roi réitère son vœu et instaure à perpétuité une procession à la Vierge le 15 août, dans tout le royaume. Le 15 août deviendra la fête nationale...

> *À ces causes, nous avons déclaré et déclarons que prenant la très sainte et très glorieuse Vierge pour protectrice spéciale de notre royaume, nous lui consacrons particulièrement notre personne, notre État, notre couronne et nos sujets, la suppliant de nous vouloir inspirer une sainte conduite et de défendre avec tant de soin ce royaume contre l'effort de tous ses ennemis, que, soit qu'il souffre du fléau de la guerre ou jouisse de la douceur de la paix que nous demandons à Dieu de tout notre cœur, il ne sorte point des voies de la grâce qui conduisent celles de la gloire. Et afin que la postérité ne puisse manquer de suivre nos volontés en ce sujet, pour monument et marque immortelle de la consécration présente que nous faisons, nous ferons construire de nouveau le grand autel de la cathédrale de Paris avec une image de la Vierge qui tienne dans ses bras celle de son précieux Fils descendu de la Croix, et où nous serons représentés aux pieds du Fils et de la Mère comme leur offrant notre couronne et notre sceptre.*
>
> Texte du vœu de Louis XIII

En même temps, l'Église catholique fait preuve d'une extrême prudence. Même au sein de l'âpre controverse entre catholiques et protestants, beaucoup de catholiques expriment le besoin de ne pas en rajouter. Le concile de Trente interdit les images et les statues qui évoquent des légendes et veut supprimer toute dévotion à des productions, qui ne manifesteraient pas clairement que le Christ est le seul sauveur (Session XXV). Certes, les catholiques continuent à faire des images, certes ils ne suivent pas les protestants dans leur phobie à l'égard des vierges noires, systématiquement détruites pendant la Réforme, mais ils réduisent le champ de leur inspiration. Les vierges de l'époque mettent l'accent sur la gloire de Marie au ciel (contre les protestants) qui fait de Marie un lien entre ciel et terre, sur la méditation de la Parole de Dieu par Marie et enfin sur Marie éducatrice ou éduquée par sainte Anne, comme pour souligner le rôle de plus en plus important des femmes dans ce grand mouvement qui conduira à partir du XVIIe siècle au catéchisme à l'école et à l'apprentissage de la lecture par tous, bref à la formation.

L'IMMACULÉE CONCEPTION (FIN XVIIIe-XIXe SIÈCLES)

Relire l'histoire religieuse de la fin du XVIIIe siècle et du XIXe siècle ne peut se faire qu'au regard de trois grands phénomènes :

– L'immense et nouveau crédit accordé à la raison humaine : le XVIIIe siècle est le siècle traditionnellement décrit comme celui des « Lumières » tandis que le XIXe siècle voit se multiplier les inventions techniques ;

– la Révolution française ;

– le bouleversement industriel et l'apparition de nouveaux drames sociaux dus à la pauvreté, à l'urbanisation et aux crises.

Face à ces changements, on assista à une sorte de consolidation de la théologie mariale et à un certain rétrécissement de la dévotion, qui dut s'adapter à partir du milieu du XIXe siècle.

La définition du dogme de l'Immaculée Conception (1854) est sans conteste un approfondissement de la doctrine mariale. Mais paradoxalement, il intervient dans un certain recul de la mariologie, fait de piété bien-pensante et de bonne conscience. Marie s'affirme souvent comme une figure romantique et quelquefois comme une dame patronnesse. Devenue figure romantique, l'art teinte Marie de bleu et de blanc, affadit son visage, lui donne un air dolent et pieux : ainsi apparaît-elle sur les vignettes de l'art sulpicien, dans les tableaux pompiers et sur les statues de plâtre. Dame patronnesse, la voilà à la tête d'un mouvement bien-pensant qui a ses pauvres, qui exalte les « valeurs familiales » – au XIXe siècle naît la dévotion à la Sainte Famille – et qui éduque bien les jeunes filles à travers les associations des « Enfants de Marie » et des processions du mois de mai, le « mois de Marie ». Bien souvent, elle est représentée dans une pauvreté romantique, bien éloignée de la misère réelle, pieds nus mais propres ! Pour la première fois de son histoire, elle se voit enrôlée ici ou là, dans un conservatisme social et religieux, bourgeois et paternaliste.

Pire encore, au tout début du XIXe siècle, Napoléon instrumentalise la fête du 15 août, pour en faire une sorte de « Saint Napoléon ».

Les apparitions qui se multiplient à partir du milieu du XIXe siècle remettent en cause cette vision des choses. Maximin Giraud et Mélanie Calvet à La Salette (1846), Bernadette Soubirous à Lourdes (1858) popularisent une nouvelle dévotion : pour beaucoup Marie devient celle qui s'oppose à la déesse Raison au nom de laquelle ils sont exploités ; elle donne la parole à des pauvres et leur montre leur dignité. Là où les riches dénoncent le manque de vertu des humbles, l'Immaculée Conception proclame leur capacité à s'approcher de celle qui est sans péché. Redevenue la Vierge des pauvres, elle met en avant le rôle des femmes et donne lieu aux premières manifestations du féminisme moderne.

Les thèmes traditionnels de l'iconographie suivent ces bouleversements :

– *La Nativité*. Elle donne souvent lieu à des déferlements de romantisme. Marie montre maintenant son fils aux bergers et l'on insiste sur leur offrande, un agneau.

– *L'Adoration des mages*. Cette scène voit disparaître les cortèges et revenir les habits liturgiques. Elle trahit en effet le goût de cette époque pour la vraisemblance historique qui en fait quelquefois des manifestes archéologiques.

– *La Vierge à l'Enfant*. Ces représentations traduisent souvent le retour des formes « néo » : néo-byzantin, néo-gothique, néo-roman (que l'on songe à l'architecture néobyzantine du Sacré-Cœur à Paris, néo-gothique de Saint-Georges à Lyon...). La tendresse disparaît petit à petit au profit d'attitudes plus rigides de l'art byzantin ou roman.

Il faut noter l'apparition et la vogue d'une nouvelle représentation de Marie : l'Immaculée Conception figurée sous les traits de la Femme de l'Apocalypse. Tenant son enfant sur la hanche, couronnée de douze étoiles, elle s'élève en majesté sur le globe lunaire en écrasant le serpent selon l'interprétation mariale de l'Apocalypse (Ap 12, 1-4) : elle apparaît ainsi en Notre-Dame de France, dominant de toute sa hauteur la ville du Puy depuis 1860.

UN BILAN MARIAL DU XXᵉ SIÈCLE ?

Il est sans doute trop tôt pour faire le bilan marial du XXᵉ siècle. On peut cependant caractériser ce siècle de trois manières, tout en notant qu'il s'inscrit dans la période ouverte à la Révolution :

– C'est le siècle des grands conflits européens et de la décolonisation. Marie devient pour tous les catholiques la Reine de la Paix. Lors de la libération de Paris, le général de Gaulle et les vainqueurs voulurent chanter un *Te Deum* à Notre-Dame de Paris... ce qu'ils ne purent faire, n'en connaissant pas les paroles par cœur. Ils entonnèrent le Magnificat.

La piété mariale s'étend sur toute la terre et devient parfois un élément essentiel à l'identité des pays en voie de développement. C'est le cas de ces nouvelles contrées mariales que sont l'Amérique du Sud, l'Asie ou l'Afrique.

– C'est également le siècle de la déchristianisation : pour la première fois dans l'histoire des peuples, il semble plus difficile de croire en Dieu que de ne pas croire en Dieu. De nouveau, la tentation est grande de se replier sur Marie et d'en faire l'effigie d'un catholicisme assiégé, ultra-conservateur et rigoriste, la garante d'un « ordre moral », nostalgique d'un passé qui n'a jamais existé.

– C'est enfin le siècle de la communication : les réseaux structurent de plus en plus le monde en changeant les mœurs et les anciennes coutumes. L'histoire de la dévotion mariale est marquée par l'insistance sur Marie comme signe d'une unité possible de l'humanité. L'Assomption (dont le dogme est défini en 1950) semble désigner ce que peut être le triomphe de l'homme, mais c'est sans doute le concile Vatican II qui marquera le plus cette orientation en refusant de se cantonner à la dévotion mariale pour elle-même et en réclamant que le regard sur Marie soit porté à partir de l'Église. Cette logique conciliaire apparaît dans la proclamation de Marie comme *Mater Ecclesiæ*, Mère de l'Église. À cause de son attitude de foi, elle est celle qui donne la Parole au monde et lui permet de trouver son unité en celui qui doit être tout en tous : le Christ. Les protestants ont été sensibles à la recherche du fondement scripturaire d'une dévotion catholique à Marie. Petit à petit, un œcuménisme, vécu à la base comme au sommet, retrouve les intuitions positives des Réformateurs. Même s'ils demeurent critiques par rapport aux catholiques, ils n'hésitent plus à parler de Marie et même à la chanter.

La représentation de Marie. Est-ce légitime ?

La représentation de Marie traduit la complexité de ce XXe siècle à peine achevé : Marie prend désormais mille visages. Dans les statuettes de plastique, comment ne pas reconnaître une certaine coupure entre piété populaire et intelligence de la foi ? Les représentations héritées du cubisme, les peintures de Matisse à Saint-Paul-de-Vence, de Chagall à Metz ou de Fernand Léger à Assey ne montrent-elles pas au contraire que la piété mariale a su entrer dans la modernité ? Qui ne s'est aperçu de l'extraordinaire vogue des icônes dans les églises, reproductions de la vierge de Vladimir ou de l'icône de Czestochowa : n'est-elle pas la preuve d'une certaine réconciliation avec le monde oriental ?

ANNEXES

Chronologie mariale

vers 54	Première allusion à Marie dans l'épître aux Galates de Paul.
vers 65-100	Marie est mentionnée dans l'évangile de Marc, puis dans celui de Luc, de Matthieu et de Jean.
vers 110	Saint Ignace d'Antioche mentionne Marie comme une Vierge et une Mère.
150-165	Saint Justin Martyr fait le premier la comparaison entre Marie et Ève.
150-202	Saint Irénée de Lyon parle du rôle de la Vierge dans la rédemption : il développe le premier une « théologie mariale ».
vers 200	Premières représentations de Marie dans les catacombes.
200-350	Écriture de la première prière à Marie : *Sub Tuum Præsidium*.
300	L'hymne acathiste est mis en honneur dans les Églises byzantines.

352-366	Fondation de Sainte-Marie-Majeure à Rome sous le pontificat de Libère Ier.
370	La première liturgie mariale est créée en Syrie.
339-397	Saint Ambroise de Milan caractérise Marie comme figure de l'Église.
vers 400	Premières versions du *Transitus Mariæ*, le récit de la mort de Marie. Le temple d'Isis à Soissons devient la cathédrale Notre-Dame. Premières fêtes mariales en Europe.
431	Le concile d'Éphèse proclame Marie, Mère de Dieu.
vers 440	Marie est associée à l'Eucharistie dans la prière eucharistique (« en communion avec la bienheureuse Marie toujours Vierge, Mère de Notre Seigneur Jésus-Christ »).
550	Premières célébrations de la Nativité de Marie, de la Présentation du Christ et de la Dormition à Byzance.
600-700	Composition de l'*Ave Maris Stella*. Premières célébrations de l'Annonciation et de l'Assomption.
649	Le premier concile du Latran proclame Marie toujours Vierge.
900-1000	Composition du *Regina Cœli*. Début de la consécration du samedi à Marie.
1100-1200	Premières versions de l'*Ave Maria* (première partie). De nombreuses cathédrales sont

	construites en l'honneur de Marie (Paris, Chartres, etc.).
1100-1153	Saint Bernard de Clervaux insiste sur le rôle de Marie dans la rédemption. Il bénéficie d'une apparition mariale.
1251	Saint Simon Stock reçoit de Marie le scapulaire.
vers 1260-1306	Composition du *Stabat Mater* par Jacopone da Todi.
1265-1308	Premiers arguments en faveur de l'Immaculée Conception par Duns Scot.
1475	Fondation de la première fraternité du Rosaire.
1495	Le pape Alexandre VI approuve l'usage du Rosaire.
1531	Apparitions à Guadalupe au Mexique.
1577	Le théologien Pierre Canisius écrit le *De Maria Virgine Incomparabili.*
1550-1617	Le théologien Suarez développe la première théologie systématique sur Marie.
vers 1750	L'école française de spiritualité (Bérulle, saint Jean Eudes, saint Jean-Baptiste de La Salle, saint Louis-Marie Grignion de Montfort) donne un nouvel essor à la dévotion mariale.
1830	Apparitions à Catherine Labouré, rue du Bac.
1846	Apparitions à La Salette.

1854	Le pape Pie IX proclame l'Immaculée Conception (bulle *Ineffabilis*).
1858	Apparitions à Lourdes.
1883-1902	Pontificat de Léon XIII, qui témoigne d'une forte piété mariale.
1917	Apparitions à Fatima au Portugal.
1942	Pie XII consacre le monde au Cœur immaculé de Marie.
1950	Pie XII définit l'Assomption par la constitution apostolique *Munificentissimus Deus*.
1954	Année mariale.
1964	Le pape Paul VI promulgue la constitution dogmatique *Lumen Gentium* issue du concile Vatican II qui définit (ch. VIII) la place de Marie dans le mystère du Christ et dans l'Église. Paul VI proclame Marie *Mater Ecclesiæ* (Mère de l'Église).
1987-1988	Année mariale.
2000	Le pape Jean-Paul II consacre le monde à Marie.

Marie à travers les Écritures

Figures mariales dans l'Ancien Testament

Les Pères de l'Église ont cherché à repérer dans l'Ancien Testament des préfigurations du Nouveau Testament. Voici quelques figures mariales traditionnelles que l'on retrouve dans la liturgie, les sermons, l'iconographie, etc.

– *Ève.* En transmettant la vie naturelle, Ève transmet la mort spirituelle. Depuis Justin, les Pères appellent Marie la « Nouvelle Ève ». Les références sont nombreuses : saint Justin, *Dialogue avec Tryphon*, 100 ; Tertullien, *La Chair du Christ*, 17 ; saint Irénée, *Contre les Hérétiques*, III, 22 ; V, 19 ; saint Cyrille, *Catéchèses*, XII, 15 ; saint Jérôme, *Épître XXII à Eustochium* ; saint Augustin, *Le Combat du Christ*, 22.

– *Le buisson ardent* : le feu qui embrase sans consumer (Ex 3, 2) évoque Marie qui porte son fils sans altération de sa virginité.

– *L'arche d'Alliance* : l'arche sur laquelle se manifeste la présence de Dieu évoque Marie qui porte Dieu en elle.

– *La toison de Gédéon* : la toison sur laquelle la rosée

s'arrête sans mouiller la terre (Jg 6, 37-38) évoque Marie qui reçoit dans son sein le Sauveur venu du ciel.

– *L'épouse du Cantique* : largement adapté dans l'office de la Sainte Vierge.

– *Le Jardin fermé* (Ct 4, 12) : la fermeture évoque la virginité de Marie. Cette comparaison est utilisée dans les tableaux de la « Vierge au Jardin » à partir du Moyen Âge.

– *La fontaine scellée* (Ct 4, 12) : même signification que le jardin.

– *La Sagesse* (Pb 8, 22-31 ; Si 34, 5-31).

– *Sara, Déborah, Esther, Judith* : figures féminines.

MARIE DANS L'ANCIEN ET LE NOUVEAU TESTAMENT

Nous citons ici la plupart des textes utilisés dans l'histoire de l'Église pour parler de Marie.

– *Ancien Testament*

Gn 2, 21-23	Ève (la mère de tous les vivants, 3, 20) ; la Femme figure de Marie.
Gn 3, 15	Le Protévangile ; annonce prophétique du rôle de la femme dans la rédemption.
Gn 4, 11	L'arc-en-ciel, signe de la paix rendue à la terre : symbole (utilisé par les Pères) de Marie rapprochant l'homme et Dieu.
Gn 8, 9-11	La colombe de l'arche, apportant le rameau d'olivier : symbole de Marie donnant au monde le prince de la paix, après le déluge du péché.

Gn 18, 12-14	Maternité miraculeuse de Sara, femme d'Abraham, premier type de la maternité divine de Marie.
Gn 28, 12	L'échelle de Jacob : symbole de la Vierge qui met en communication le ciel et la terre.
Gn 30, 22-24	Rachel, mère de Joseph, le sauveur de ses frères.
Ex 3, 1-6	Le buisson ardent : symbole de la virginité de Marie conservée dans la maternité.
Ex 26, 1-37	Le tabernacle, où Dieu habite en toute sa gloire symbole de la Vierge en qui le Verbe prend un corps humain.
Ex 40, 35	La nuée (gloire de Dieu) couvre de son ombre le tabernacle, comme le Très-Haut la Vierge (Lc 1, 35).
Jg 4 et 5	Débora, la femme par qui Dieu sauve Israël et qui chante la victoire de Dieu (Magnificat : Lc 1, 46).
Jg 6, 36-40	La toison de Gédéon : symbole patristique de Marie remplie de grâce au milieu de l'humanité coupable.
Jg 13, 2-5	L'ange de Dieu annonce à la femme de Manoah qu'elle sera mère de Samson (comparer avec l'annonce de l'ange à Marie).
1 Sm 2, 1-10	Le cantique d'Anne, mère de Samuel (comparer avec le « Magnificat »).

1 Sm 25, 14-35	Abigayil intercède auprès de David pour sauver les siens et obtient leur grâce : figure de l'intercession de Marie.
2 Sm 6, 9-11	« *Comment l'arche de mon Seigneur vient-elle vers moi ?* » (comparer avec les paroles d'Élisabeth, Lc 1, 43-56).
2 Sm 7. 12-16	Promesse messianique (comparer avec Lc 1, 32-33).
Ps 45	« Écoute, ma fille, regarde et tends l'oreille... le roi désirera ta beauté. Il est ton Seigneur... »
Pr 8, 22-31	La sagesse collabore avec le Créateur ; ainsi Marie avec le Rédempteur (sens accomodatice liturgique).
Ct 2, 2	« Comme le lis entre les chardons, telle est ma bien-aimée. »
Ct 4, 7	« Tu es toute belle ma bien-aimée, et sans aucune tache. »
Ct 6, 10	« Qui est celle-ci qui surgit comme l'aurore, belle comme la lune, resplendissante comme le soleil, terrible comme une armée rangée en bataille ? »
Ct 8, 5	« Qui est celle-ci qui monte du désert, appuyée sur son bien-aimé ? »
Sg 8, 9-16	La sagesse, indispensable aux hommes ; ainsi Marie, Mère du bon conseil.
Qo 24, 1-22	La sagesse préside aux desseins créateurs

	de Dieu : symbole de la prédestination de la Vierge dans le plan rédempteur (sens accomodatice de la liturgie).
Is 7, 10-17	Prophétie de la Vierge qui enfantera.
Is 9, 1-6	Annonce du Messie.
Is 11, 1	« Un rejeton sort de la souche de Jessé ; de ses racines pousse un surgeon sur qui repose l'esprit de Dieu. »
Is 62,4 ; 11-12	Les noms donnés par Yahvé à Jérusalem restaurée (comparer avec le nom donné par l'ange à Marie : « pleine de grâce »).
Jr 31, 21-22	« Car Yahvé crée du nouveau sur la terre : une femme enfantera un homme fort. »
Mi 5, 1-14	« Jusqu'au temps où aura enfanté celle qui doit enfanter. »
Hq 3, 19	Cantique du prophète (comparer avec le Magnificat).
So 3, 14-17	« Réjouis-toi, fille de Sion, le roi d'Israël est en toi » (comparer avec la salutation de l'ange).
Za 9, 9	« Exulte de toutes forces, fille de Sion ; pousse des cris de joie, fille de Jérusalem ; voici que ton roi vient à toi » (Annonciation).

– *Nouveau Testament*

Mt 1, 18-19	Mariage de Marie avec Joseph.
1, 20-25	Conception virginale de Jésus.
2, 1-12	La visite des mages.
2, 13-18	La fuite en Égypte.
2, 19-23	Le retour à Nazareth.
12,46-50	La parenté de Jésus : « *Qui est ma mère ?* »
13, 35	Marie, Mère de Jésus et sa parenté.
27, 56	La mère de Jacques, belle-sœur de la Vierge.
Mc 3, 20-21	Marie, témoin de la tentative de la parenté de Jésus contre lui.
3, 31-35	La parenté de Jésus : « *Qui est ma mère ?* »
6, 1-6	Marie, témoin de la jalousie des habitants de Nazareth contre son fils.
Lc 1, 5-25	Zacharie et Élisabeth, cousins de Marie.
1, 26-37	L'Annonciation.
1, 39-45	La Visitation.
1, 46-56	Le Magnificat.
2, 1-7	La naissance de Jésus.
2, 8-20	La visite des bergers.
2, 22-35	La Présentation au Temple.
2, 39-40	La vie à Nazareth.
2, 41-50	Jésus perdu et retrouvé au Temple.
4, 16-31	Marie, témoin de l'expulsion de Jésus par ses concitoyens de Nazareth.
8, 19-21	La parenté de Jésus : « *Qui est ma mère ?* »
11, 27-28	« Heureuses les entrailles qui t'ont porté... »

Jn 1, 13	« *Lui que ni sang, ni vouloir de chair, ni vouloir d'homme, mais Dieu a engendré* » (naissance virginale).
2, 1-11	Les noces de Cana.
2, 12	Séjour de Marie à Capharnaüm avec son fils.
19, 25	Marie, debout au pied de la croix.
19, 25-27	Marie et Jean : la maternité humaine universelle.
Ac 1, 13-14	Présence de Marie avec les Apôtres au Cénacle.
2, 1-4	La descente de l'Esprit Saint.
Rm 1, 3	Marie est de la lignée de David.
Ga 4, 4	« *Quand vint la plénitude des temps, Dieu envoya son Fils, né d'une femme.* »
Ap 12, 1-17	Vision de la Femme : Marie archétype de l'Église et nouvelle Ève qui terrasse le dragon.

Petite archéologie mariale

La Vierge a-t-elle laissé des traces archéologiques de sa vie terrestre ? Grâce à la vogue des pèlerinages en Terre sainte à partir du IVe siècle (comme nous le prouvent des récits de pèlerinages conservés comme celui d'Éthérie ou de l'Anonyme de Bordeaux), des basiliques furent construites sur les lieux supposés de la vie de Marie. Si leur réalité historique n'est absolument pas garantie, elles sont le témoignage de vingt siècles de foi.

– *La sainte Probatique :* maison d'Anne et Joachim à Jérusalem. Située à côté d'un bassin d'ablution (d'où son nom) appelé aussi piscine de Bethsaïde. En 1889, on y aurait retrouvé le tombeau de sainte Anne et de Joachim dans une crypte située sur l'emplacement du jardin de la maison.

– *La maison de Sepphoris :* l'empereur Constantin y a fait construire une basilique sur le lieu supposé de la maison qu'habitaient Anne et Joachim, à 5 km au nord de Nazareth. Ce serait donc le lieu de l'Annonciation et le celui de la Nativité de Marie. Mais que dire de la Probatique ?

– *La mosquée Al-Aqsa sur l'esplanade du Temple :* avant d'être transformée en mosquée, il s'agissait d'une basilique construite par Justinien sous le nom de Sainte-Marie-la-Neuve sur le lieu supposé de la Présentation de Marie.

– *La basilique de la Nativité à Bethléem :* située sur le lieu supposé de la naissance du Christ. L'église actuelle date des Croisés.

– *La basilique de Nazareth :* construite sur le lieu où se tenait probablement la maison de Marie et de Joseph. Un sanctuaire y fut bâti dès le IVe siècle. Selon la tradition, la maison sainte qu'elle contenait se trouve désormais à Lorette, en Italie. L'église actuelle date du XXe siècle.

– *La maison de la Vierge à Éphèse :* située à Panaghia Kapouli (sur le Mont Bülbül), sur une colline à 15 km d'Éphèse. Elle fut « retrouvée » en 1869 grâce aux « visions » de la mystique Catherine Emmerich. Son existence correspond à une tradition qui veut que Marie, devenue « mère » de Jean selon la volonté de Jésus sur la croix, aurait suivi le disciple bien-aimé dans sa fondation apostolique à Éphèse. Saint Jean l'aurait installée ici pour ne pas obliger la Vierge à entrer dans un pays païen : elle y aurait vécu jusqu'à 101 ans. Cette localisation est hautement improbable : aucun Père de l'Église n'en parle et la première mention de Panaghia Kapouli date du XIIIe siècle. Le pape approuva la dévotion à Éphèse en 1957.

– *La basilique de la Dormition sur le mont Sion à Jéru-*

salem : lieu supposé de la mort de Marie (ou de sa « Dormition », selon les théologies). La tradition est récente (VIIe siècle) et, en outre, l'évêque Juvénal de Jérusalem signale en 451 l'existence d'un tombeau de la Vierge non pas sur le mont Sion, mais sur le mont des Oliviers, à Gethsémani. Mais, en réalité, le témoignage de Juvénal de Jérusalem est sujet à caution. Le pape saint Léon le Grand l'accuse (Épître 119) d'avoir fabriqué des fausses reliques de la Vierge et de les avoir envoyées à Constantinople pour la nouvelle église que l'impératrice Pulchérie avait consacrée aux Blachernes.

– *La basilique de l'Assomption dans la vallée du Cédron* : lieu supposé d'un « tombeau » de Marie. Une première chapelle fut consacrée juste après le concile d'Éphèse (431). Reconstruite par les Croisés, elle fut détruite par Saladin après 1187. Depuis 1757, les catholiques n'y célèbrent plus et elle est desservie par les orthodoxes, les Syriens, les coptes et les Abyssiniens.

Les grands sanctuaires mariaux en France

– *Notre-Dame-de-Liesse (02).* Dans les années 1130, trois chevaliers reviennent de croisade, accompagnés d'une princesse sarrazine devenue chrétienne en contemplant une statue de la vierge noire ; elle a fui son pays en emportant la statue. Un jour, celle-ci se fait si lourde qu'on ne peut l'emporter plus loin : on construit donc une chapelle pour l'abriter.

C'est ainsi que la légende explique l'origine de ce sanctuaire roman immensément célèbre au Moyen Âge. De nombreux rois de France y sont venus en pèlerinage. La vierge noire est détruite à la Révolution, les vitraux de la basilique disparaissent en 1940 ; mais le lieu attire encore des foules de pèlerins.

– *Notre-Dame du Laus (05).* À 50 km au sud de la Salette, la Vierge est apparue à Benoîte Rencurel, durant plus de 25 ans à partir de l'année 1664. Le sanctuaire construit à la demande de Marie voit affluer plus de

130 000 pèlerins dès la première année ! L'Église reconnaît le caractère sacré du lieu au début du XVIIIe siècle.

Les pèlerinages ont lieu toute l'année. Le lundi de Pentecôte, le dernier dimanche de juin, le 15 août et le 8 septembre sont l'occasion de cérémonies particulières.

– *Notre-Dame de Laghet (06).* À l'origine, une chapelle servant d'abri aussi bien aux hommes qu'aux bêtes. Restaurée en 1625, ce sanctuaire est en 1652 le lieu de prodiges divers (guérisons, délivrances de possédés), attribués à la Vierge. En 1653, une commission reconnaît les miracles et l'évêché officialise le culte de Notre-Dame de Laghet.

Informations : 04 92 41 50 50

– *Notre-Dame-de-la-Garde (13).* En 1214, un Marseillais dit « Maître Pierre » fait construire sur la colline de la Garde une chapelle dédiée à la Vierge. Du fait de sa situation stratégique, le lieu est longtemps resté aussi une position militaire. Aucune apparition n'y a jamais eu lieu, mais ce sanctuaire dédié à la « Bonne Mère », devenu une grande basilique, a toujours suscité la plus grande ferveur.

Informations : 04 91 13 40 80

– *Notre-Dame-de-la-Délivrande (14).* À une première chapelle, détruite en 830 par les Vikings, succède un deuxième édifice construit vers 1150 sur les lieux de la découverte d'une statue d'une vierge noire. L'actuelle basilique, commencée en 1853, a été consacrée en 1895. C'est un haut-lieu de pèlerinage à la Vierge. Au début du

XIXe siècle, devant l'affluence, l'évêque de Bayeux avait dû prendre des mesures de restriction : pas plus de 4 paroisses par jour en pèlerinage sur les lieux !

Chaque année, un pèlerinage important a lieu le jeudi qui suit le 15 août.

– *Notre-Dame de Chartres (28).* Haut-lieu de dévotion mariale dès avant le IXe siècle, Chartres voit s'élever une cathédrale au XIIe siècle : les dons qui affluent de France et d'ailleurs permettent la construction de ce fleuron de l'art gothique.

Chanté par Péguy, Chartres est aujourd'hui encore un lieu de pèlerinage important. On peut citer en particulier le pèlerinage annuel des étudiants, aux Rameaux.

Une grande cérémonie a lieu le 15 août.

Direction des pèlerinages : 02 37 21 56 33

– *Notre-Dame de la Salette (38).* En 1846, deux enfants gardant des vaches reçoivent une apparition de la Vierge ; celle-ci pleure et supplie les hommes de prier davantage. La Salette devient dès lors l'un des grands lieux de pèlerinages en France.

Informations auprès du recteur du sanctuaire :
04 76 30 00 11

– *Notre-Dame du Puy (43).* La guérison miraculeuse d'une femme qui implorait la Vierge est à l'origine du culte marial au Puy. Une basilique romaine, puis une église romane construite au IXe siècle, et enfin l'édifice actuel datant des XIe et XIIe siècles, attirent des foules de pèlerins : Le Puy devient le Lourdes du Moyen Âge. Saint Louis offrit une vierge noire qui fut brûlée à la Révolution. Saint Dominique, saint Antoine de Padoue sont d'autres illustres pèlerins ; sept papes s'y sont rendus.

– *Notre-Dame de Rocamadour (46).* Sanctuaire marial primitif datant d'avant le Xe siècle, Rocamadour gagne son nom en 1166 lors de la découverte d'un corps présumé être celui de saint Amadour. Rocamadour est un lieu de pèlerinage pour toute la chrétienté, comme Saint-Jacques-de-Compostelle. Cet étonnant espace fermé, accroché à la falaise et contenant 7 églises et chapelles, date du XIIe siècle. Le principal sanctuaire est la chapelle Notre-Dame, où se trouve la statue d'une vierge noire.

Messe du pèlerinage tous les jours à 11 h.

Procession aux flambeaux les 14 août et 8 septembre au soir.

Informations auprès du recteur du sanctuaire : 05 65 33 23 23

– *Notre-Dame de Pontmain (53).* En 1871, lors de la guerre contre la Prusse, la Vierge apparaît dans le ciel de Pontmain à 4 enfants, porteuse d'un message de réconfort : « Mais priez mes enfants, Dieu vous exaucera en peu de temps. Mon Fils se laisse toucher. » Aujourd'hui, 300 000 pèlerins se rendent chaque année à Pontmain. Une grande église et plusieurs services pastoraux les accueillent.

Informations : 02 43 05 07 26

– *Notre-Dame-de-la-Recouvrance* (61). Situé à 25 km de Bagnoles-de-l'Orne. Lieu de prière depuis le IXe siècle. La statue qu'on y vénère est elle du XIVe siècle. Principale fête le 8 septembre.

– *Notre-Dame de Boulogne (62).* En 633, l'arrivée mystérieuse d'une barque sans matelots et sans rames dans laquelle on découvre une statue de la Vierge donne lieu à la construction d'un sanctuaire marial qui compte parmi les plus anciens d'Europe. Brûlée à la Révolution, la statue est recopiée à l'identique et reste aujourd'hui un important but de pèlerinage.

– *Notre-Dame de Lourdes (65).* En 1858, Bernadette Soubirous, jeune paysanne issue d'une famille très pauvre, reçoit dans la grotte de Massabielle à Lourdes 18 apparitions de la Vierge, reconnues par l'Église en 1862. Immédiatement célèbre, Lourdes accueille aujourd'hui plus de 5 millions de pèlerins par an, en particulier des malades qui viennent implorer une guérison.

Mais 1858 n'est pas la première année où la Vierge a agi sur Lourdes ! En 778, Mirat, prince Sarrazin, contemple avec désespoir le spectacle qui s'étend au pied des murailles de son château des Pyrénées : l'armée franque ! Charlemagne, leur roi, veut s'emparer de sa forteresse et en fait le siège. Un siège qui dure, qui dure... Comment y mettre fin ? Mirat résiste, mais s'épuise. Un jour, l'évêque du Puy lui propose de venir en pèlerinage à Notre-Dame du Puy pour demander conseil à Notre-Dame. Mirat accepte. Au Puy, le voilà converti. Il se fait baptiser : « Je suis son serviteur, lui dit l'évêque, soyez son chevalier. » Voyant cela, Charlemagne lève le siège. Mirat prend alors le nom chrétien de Lorda et le donne à son château. Le temps a déformé Lorda en Lourdes.

Chaque année, un grand pèlerinage national a lieu autour du 15 août.

Informations auprès de l'office du tourisme de Lourdes : 05 62 96 72 26

– *Notre-Dame de Bétharram (65).* À 15 km de Lourdes, Bétharram est devenu un lieu de pèlerinage dès le XIVe siècle, après une apparition de la Vierge à des bergers. Après avoir été détruite sur ordre de la protestante Jeanne d'Albret, mère d'Henri IV, la chapelle a été rebâtie grâce à Louis XIII et aux comtes de Béarn au début du XVIIe siècle. Le site accueille aujourd'hui plus de 100 000 personnes par an.

Cérémonies particulières les 14 mai et 14 septembre.

Informations auprès du Père Chapelain : 05 59 71 92 30

– *Notre-Dame de Garaison (65).* Au début du XVIe siècle, la Vierge apparaît à une jeune bergère du nom d'Angèle de Sagazan et lui demande l'érection d'une chapelle. Cette histoire se passe non loin de Lourdes, 350 ans avant les apparitions à Bernadette Soubirous. Une fois dissipés les doutes du curé du lieu, une modeste chapelle est construite, qui abrite une *Pietà*. La chapelle actuelle est achevée en 1540, 25 ou 30 ans après.

– *Notre-Dame de Marienthal (67).* Le vallon de Marie à Marienthal a pour origine la foi d'Albert de Haguenau, chevalier devenu ermite vers 1240. C'est lui qui y lança la tradition d'un pèlerinage marial. L'actuelle basilique date de 1863.

Informations : 03 88 93 90 91

– *Notre-Dame de Thierenbach (68).* Ce très ancien lieu de culte marial, devenu au XIIe siècle un prieuré clunisien, connaît au Moyen Âge un grand rayonnement, grâce à sa situation sur la route de Saint-Jacques-de-Compostelle. Le sanctuaire a été érigé en 1936 au rang de basilique mineure.

Informations : 03 89 76 95 66

– *Notre-Dame-des-Trois-Épis (68).* En 1491, un forgeron voit apparaître la Vierge. Celle-ci tient 3 épis d'une main, un glaçon de l'autre. Les épis représentent des récoltes abondantes, le glaçon un fléau promis aux hommes qui ne prieraient pas assez. Le forgeron est chargé d'aller engager les villageois des alentours à se convertir. Sur le lieu de la vision, on érige une *Pietà*, et une chapelle pour l'abriter. Incendié pendant la guerre de Trente Ans, le sanctuaire est rebâti en 1640. Une grande église le complète depuis 1968.

Adoration perpétuelle dans la vieille chapelle, depuis 1952.

– *Notre-Dame de Fourvière (69).* En 1870, les Prussiens sont aux portes de Lyon. L'archevêque de Lyon fait un vœu : si la ville échappe à l'occupation, une basilique sera édifiée sur la colline de Fourvière. Le vœu étant exaucé, la première pierre de ce gigantesque sanctuaire marial est posée en 1872.

Paroisses, mouvements, associations, groupes divers se succèdent toute l'année en pèlerinage, principalement les 15 août, 8 septembre et 8 décembre.

Informations : 04 78 25 51 82

– *Notre-Dame de Paris (75).* La cathédrale bâtie au cœur de Paris, sur l'île de la Cité, attire chaque année des millions de touristes... et de pèlerins. C'est l'un des joyaux de l'art gothique, élevé de 1163 à 1270 et restauré au XIXe siècle par l'architecte Viollet le Duc.

Informations : 01 42 34 56 10

– *Notre-Dame-de-la-Médaille-Miraculeuse (75).* En 1830, Catherine Labouré, novice chez les Filles de la Charité, reçoit 2 apparitions de la Vierge. Celle-ci lui demande de faire frapper une médaille et déclare : « Les personnes qui la porteront avec confiance recevront de grandes grâces. » C'est la célèbre « médaille miraculeuse ». La chapelle où la Vierge est apparue est aujourd'hui un important sanctuaire marial.

– *Notre-Dame-de-Bonnegarde (91).* À Longpont-sur-Orge, à 28 km de Paris. Le sanctuaire a été érigé à partir de 1031 sur un lieu qu'aurait fréquenté saint Denis et où une vierge noire aurait été trouvée. Il est célèbre depuis 1140 pour le nombre de reliques qu'il renferme (aujourd'hui plus de 1200). Les rois de France venaient prier à Longpont. la tradition des pèlerinages, interrompue par la Révolution, a repris surtout pour la fête de la Visitation et pour le 15 août.

Il en existe bien d'autres, souvent très connus localement et autour desquels se développent des rencontres et des pèlerinages : Saint-Didier (35), Issoudun (36), Querrien (22), Châteauneuf-du-Faou (29), Le faou (29), Ploumanach (22), Rostrenen (22), Onans (25), etc.

Notre-Dame de Lorette (Italie)

La dévotion à Notre-Dame de Lorette connaît depuis le XIIIe siècle un essor extraordinaire, et spécialement en France, c'est pourquoi nous en parlons ici. En 1291, sous le pontificat de Nicolas IV, la situation des lieux saints de Palestine était critique : les croisés avaient totalement perdu le contrôle de la Palestine et les musulmans s'apprêtaient à détruire la *casa sancta* de Nazareth, la maison de la Vierge. Le 10 mai 1291, selon le récit traditionnel, Dieu ordonna à ses anges de la transporter ailleurs : après une « escale » à Rauniza en Dalmatie (près de Fiume), ils la déposèrent le 10 décembre 1294 près d'Ancône, dans une forêt appartenant à une dame appelée Lorette. À l'intérieur de la sainte maison, on découvrit une statue de cèdre, représentant la Vierge Marie couronnée de perles, vêtue d'une robe dorée et d'un manteau bleu, portant dans ses bras l'Enfant Jésus qui lève la main en signe de bénédiction, tandis que sa main gauche soutient un globe. L'évêque Alexandre de Rauniza avait d'ailleurs été prévenu du miracle par une apparition durant sa maladie qu'il décrit ainsi :

> *Soudain le ciel s'est ouvert à ses yeux, la très-sainte Vierge se montre au milieu des anges qui l'environnent, et d'une voix dont la douceur ravit intérieurement le cœur dit : « Mon fils, tu m'as appelée ; me voici pour te donner un efficace secours et te dévoiler le secret dont tu souhaites la connaissance. Sache donc que la sainte demeure apportée récemment sur ce territoire est la maison même où j'ai pris naissance et où je reçus presque toute mon éducation. C'est là qu'à la nouvelle apportée par l'archange Gabriel, j'ai conçu par l'opération du Saint-Esprit le Divin Enfant. C'est là que le Verbe s'est fait chair. Aussi, après mon trépas, les apôtres ont-ils consacré ce toit illustre par de si hauts mystères, et se sont-ils disputé l'honneur d'y célébrer l'auguste sacrifice. L'autel, transporté au même pays, est celui même que dressa l'apôtre saint Pierre. Le crucifix que l'on y remarque, y fut placé autrefois par les apôtres. La statue de cèdre est mon image faite par la main de l'évangéliste saint Luc qui, guidé par l'attachement qu'il avait pour moi, a exprimé, par les ressources de l'art, la ressemblance de mes traits, autant qu'il est possible à un mortel. Cette maison, aimée du ciel, environnée pendant tant de siècles d'honneur dans la Galilée,*

mais aujourd'hui privée d'hommages au milieu de la défaillance de la foi, a passé de Nazareth sur ces rivages. Ici point de doute : l'auteur de ce grand événement est ce Dieu près duquel nulle parole n'est impossible. Du reste, afin que tu en sois toi-même le témoin et le prédicateur, reçois ta guérison. Ton retour subit à la santé au milieu d'une si longue maladie fera foi de ce prodige. »

En 1470, une bulle de Paul II célèbre à Lorette une statue de la Vierge apportée par les anges dans un édifice fondé miraculeusement. Après qu'une bulle de Jules II (1507) a consacré ces pieuses croyances, Érasme compose une messe pour la Vierge de Lorette (1525) sans pourtant faire allusion au vol de la maison dans les cieux. Sixte V, en 1585, éleva Lorette au rang de cité, donna le titre de cathédrale à son église et y établit un siège épiscopal. Depuis le XVIe siècle, les Carmes possèdent la garde de Lorette. Dans tous les pays, on trouve des reproductions de la sainte maison et, en France, on trouve de nombreuses églises dédiées à Notre-Dame de Lorette.

Principaux documents pontificaux sur Marie

– *Ineffabilis Deus* (8 décembre 1854) : constitution apostolique de Pie IX définissant l'Immaculée Conception.

– *Supremi Apostolatus Officio* (1er septembre 1883) : encyclique de Léon XIII assurant du pouvoir de la récitation du Rosaire et exhortant les fidèles à son usage fréquent.

– *Superiore Anno* (30 août 1884) : encyclique de Léon XIII exhortant à la récitation du Rosaire.

– *Vi è Ben Noto* (20 septembre 1887) : encyclique de Léon XIII sur la récitation du Rosaire et la vie publique.

– *Octobri Mense* (22 septembre 1891) : encyclique de Léon XIII sur le Rosaire.

– *Magnæ Dei Matris* (8 septembre 1892) : encyclique de Léon XIII sur le Rosaire.

– *Lætitiæ Sanctæ* (8 septembre 1893) : encyclique de Léon XIII recommandant la dévotion au Rosaire.

– *Jucunda Semper Expectatione* (8 septembre 1894) : encyclique de Léon XIII sur le Rosaire.

– *Ad Diem Illum Lætissimum* (4 février 1904) : encyclique de Pie X rappelant la doctrine de l'Immaculée Conception.

– *Lux Veritatis* (25 décembre 1931) : encyclique de Pie XI pour les 1500 ans du concile d'Éphèse.

– *Ingravescentibus Malis* (29 septembre 1937) : encyclique de Pie XI encourageant la récitation du Rosaire face à la montée des périls communistes et fascistes.

– *Deiparæ Virginis Mariæ* (1er mai 1946) : encyclique de Pie XII envisageant la pertinence de la définition formelle de la doctrine de l'Assomption.

– *Munificentissimus Deus* (1er novembre 1950) : constitution apostolique proclamant le dogme de l'Assomption.

– *Ingruentium Malorum* : encyclique de Pie XII exhortant à réciter le Rosaire face à la montée des périls, en particulier communistes (15 septembre 1951).

– *Fulgens Corona* (8 septembre 1953) : encyclique de Pie XII proclamant une année mariale pour fêter le centenaire de l'Immaculée Conception.

– *Ad Cœli Reginam* (11 octobre 1954) : encyclique de Pie XII résumant l'histoire de la dévotion de Marie comme Reine.

– *Grata Recordatio* (26 septembre 1959) : encyclique de Jean XXIII recommandant le Rosaire, prière pour l'Église, les missions, les problèmes sociaux et internationaux.

– *Lumen Gentium* (21 novembre 1964) : promulgation de la constitution dogmatique sur l'Église par Paul VI.

Mais aussi *Sacrosanctum Consilium* n° 103
Unitatis Redintegratio n° 14, 15, 20

Perfectae Caritatis	n° 25
Optatam Totius	n° 8
Nostra aetate	n° 3
Apostolicam Actuositatem	n° 4
Ad Gentes	n° 4, 42
Presbyterorum Ordinis	n° 18
Gaudium et Spes	n° 22

– *Mense Maio* (30 avril 1965) : encyclique de Paul VI incitant les fidèles à prier Marie au cours du mois de mai pour obtenir la paix dans le monde.

– *Christi Matri* (15 septembre 1966) : encyclique de Paul VI exhortant à prier Marie pour la paix face au mal dans le monde.

– *Signum Magnum* (13 mai 1967) : encyclique de Paul VI sur l'imitation des vertus de Marie.

– *Marialis Cultus* (2 février 1974) : exhortation apostolique de Paul VI réglementant le culte marial et son développement.

Mais aussi *Missel Romain* (1970), document qui établit les fêtes liturgiques dans la réforme liturgique. Marie y tient une place importante.

Liturgie des Heures (1970), le « bréviaire » rénové qui incite les chrétiens à une prière renouvelée pour Marie.

– *Redemptoris Mater* (25 mars 1987) : encyclique de Jean-Paul II présentant le rôle de Marie dans l'économie du salut.

– *Mulieris Dignitatem* (15 août 1988) : encyclique de Jean-Paul II sur la dignité et la vocation de la femme à l'occasion de l'année mariale. Mais aussi *Collectio missarum de Beata Maria Virgine* (1986), publié par la Congrégation pour le Culte divin (un des services du Vatican), ce livre rassemble des textes liturgiques destinés, par le culte marial, à aider l'Église à se conformer au Christ.

Par ailleurs, tous les textes importants du pape Jean-Paul II comprennent un passage – souvent la conclusion – traitant de Marie.

Notes

1. Toutes les citations proviennent des écrits recueillis dans François Bovon et Pierre Geoltrain, *Écrits apocryphes chrétiens*, Paris, Gallimard, NRF-Bibliothèque de la Pléiade, 1997.

2. Is 1, 3.

3. Ha 3, 2.

4. *Cf. Catéchisme de l'Église catholique*, n° 499 et 500.

5. Groupe des Dombes, *Marie II, Controverse et Conversion*, Paris, Bayard, p. 287.

TABLE DES MATIÈRES

La photocomposition a été réalisée par IGS-CP
Achevé d'imprimer en août 2002
par l'imprimerie FRANCE QUERCY
N° d'impression : 21591
N° d'édition : 02078
Dépôt légal : septembre 2002